JN197268

Contents

Oshi kishi ni akusyukai de
maryoku to heart wo
sasageru sekai

推し騎士に握手会で魔力とハートを捧げるセカイ

Oshi kishi ni akusyukai de maryoku to heart wo sasageru sekai

01

緑名紺
illust. ナナテトラ

推し。

それは「好き」「応援したい」「この素晴らしさをみんなに伝えたい」——そんな情熱を抱かせてくれる人やもののことである。

推しは生活に癒やしと活力を与え、人生を豊かにしてくれるかけがえのない宝物。

形を変え、言葉を変えながらも、推しという概念はいつでもどこにでも存在し、人々を熱狂させている。

たとえばそう、このセカイでも——。

第一章　騎士と姫君

♡♡♡

「今回の任務も無事に帰ってきてくださいね。私、信じて待ってます！」

天幕で区切られた握手会の会場で、私は興奮気味に彼の手を取りました。

「ありがとう。……また俺のところに来てくれたんだ、メリィちゃん」

「もちろんずっと来ますよ。わ、私は……ネロくん一筋ですから！」

言っちゃった。

私の推し騎士――ネロくんは「そっか」と呟いて目を逸らしました。

とても居心地が悪そうですが、お耳が少し赤くなっています。

ああ、この初心《うぶ》な反応が最高に可愛い！

これを見るために日々頑張って生きていると言っても過言ではありません。

色素の薄い柔らかそうな茶髪と、アイスグレーの瞳。陶磁器のように滑らかな肌……。

前髪が長いせいですぐに気づけない人も多いと思いますが、はっとするほど綺麗な顔立ちをしています。

彼は私と同じ平民でありながら、王侯貴族と比べてもまったく引けを取らない品のある美男子なのです。

年齢は十七歳。

顔立ちにはやや幼さが残っていますが、苦労してきたのかなと思わせる憂いを帯びたまなざしがたまりません。

……ずっと見ていられる。

もちろん見た目だけではなく、寡黙で控えめで照れ屋なところもいい。

ネロくんは私の拙い声かけにも熱心に頷いてくれて、前回の会話もばっちり覚えていてくれて、恥ずかしそうにしながらも毎回欠かさずお礼を言ってくれる優しい人。

握手をすると手は意外と大きく指先にはマメがあり、訓練を真面目に頑張っているのがよく分かります。なんて頼もしいんでしょう。

可愛さとかっこよさが交互に押し寄せてきて、飽きることなく永遠に咀嚼《そしゃく》していられます。

「メリィちゃん？」

は、いけない、いけない！

これから彼は国に害をなす魔物の討伐任務に向かうのです。

死と隣り合わせの危険な任務から無事に生還してもらうために、私も真剣に国民の務めを果たさないと。

「我が騎士に、聖なる加護を」

お決まりのセリフとともに、触れ合う手のひらからネロくんに魔力を流し込みました。

怪我がありませんように。

強い魔物が出ませんように。

活躍できますように。

風がネロくんに幸運を運んでくれますように。

願いとともにありったけの魔力を譲渡すると、ネロくんの右手の甲がピカッと光り、紫色の射手《しゃしゅ》の紋章が浮かんで私の魔力を蓄え終えたことを示しました。

「……我が姫君に、必ずや勝利を」

ネロくんは跪《ひざまず》き、私の手を取り直してまるで忠誠を誓うかのように恭《うやうや》しく礼をしてくれました。

これもお決まりの流れではあるのですが、何回見てもうっとりしてしまいます。

大好きな人に疑似的にでもお姫様扱いをしてもらえるなんて最高……。

幸福の妖精が両頬にぶら下がって、だらしない顔になっていそうです。

「あの」

「はい、なんでしょう？」

ネロくんは立ち上がってぱっと手を離すと、戸惑いがちに言いました。

「今回の任務はただのスライム退治だから、こんなに魔力をくれなくて大丈夫だよ」

「そんな！　ネロくんの体に傷一つでもついたら困ります。虫刺され一つでも許せないのに」

「でも」

「譲渡した魔力が多く感じるのだとしたら、それだけ私のネロくんへの想いが強いってことです。そのまま受け取って使ってください。全部全部、ネロくんのものです！」

「…………」

ああ、重すぎる愛にドン引きされています。

気持ち悪がらせていたら申し訳ないですが、ネロくんの安全が第一。

万が一の時に備えて少しでも多くの魔力を受け取ってほしいんです。

「お仕事頑張ってくださいね！　星灯騎士団《エストルス》に栄光あれ！」

名残惜しさを噛みしめながら、私は慌ただしく天幕を後にしました。

今から百五十年ほど前のこと。

このエストレーヤ王国は魔女に呪いをかけられ、定期的に〝使い魔〟という魔女のしもべの魔物に襲われるようになりました。

「使い魔の特徴その一、やたらと強くて巨大」

「どれくらい強くて大きいの？」

「討伐に数千人規模の軍隊が必要なくらい強くて、剣が髪留めのピンに見えるくらいの大きさらしいです。その強大さのあまり、戦いのたびに多くの戦死者が出るほど……」

私のレクチャーに対し、最近お友達になった留学生のエナちゃんは言葉を失くしてしまいました。

想像しただけで恐ろしいですよね。

「しかし！　このまま滅ぼされてなるものかとエストレーヤの人々は戦い続けました。戦士だけではなく、歴代の国王陛下の支援の下、たくさんの人が使い魔への対抗策を探し、ついにある研究者が特殊な魔術の開発に成功したのです」

それなら知ってる、とエナちゃんも表情を明るくして頷きました。

「魔力の譲渡と蓄積を可能にした紋章魔術ね」

「はい。その紋章魔術を活用するために誕生したのが星灯騎士団《エストルス》です！　選ばれた見目麗しい百名の若者による魔物討伐専門の精鋭部隊。その眩さの前には使い魔も本来の力が出せません。使い魔の特徴その二、美男子を前にすると弱体化する」

「本当、なんとも言えない痛々しさのある魔物ね。弱点があって良かったけども」

魔女の性質を受け継いでいるのでしょうか。謎です。

「戦闘に長《た》けた美男子に魔力を集めて能力を強化し、連携の取りやすい少人数部隊で戦うようになって、使い魔戦での戦死者数は驚くほど減少したんですよ。すごくないですか？　星灯騎士団《エストルス》」

「とことん使い魔と効率よく戦うために創られた騎士団なのね」

「ちなみに普段は今日みたいに野生の魔物討伐をしています。使い魔討伐の訓練も兼ねて」

「それで、この握手会が魔力譲渡の儀式？」

握手会が行われる広場の掲示板には、今回の任務に就く騎士の顔写真が貼られています。

私にとってはもちろんネロくんが最高で最上なのですが、ほかにも素敵な騎士様はたくさんいます。揃いも揃って見目が良いですからね。

「そうです。騎士様の手の甲には特殊な紋章が刻まれていて、その手に触れて念じるだけで私たちの魔力が譲渡できるんですよ。その魔力は五日間くらいストックできるんですって。本当に画期的ですよね」

「便利ね。魔力を譲渡するってどういう感覚なのかしら？」

「気になるなら、エナちゃんも握手会に参加してみたら良かったのに」

私がそう言うと、エナちゃんは困ったように笑いました。

「この国の文化に文句をつけたいわけじゃないけど、いくら見目麗しくても、見知らぬ異性といきなり握手なんて……」

「私も最初はそうでした。ネロくんと出会うまでは！　あれは半年前のよく晴れた日の――」

「待った」

流れるようにネロくんの魅力を語り出そうとしたら、ストップがかかりました。

「星灯騎士団《エストルス》のこと、勉強のためにもう少し詳しく教えて。創設自体はわりと最近だったかしら？」

「今年で丸五年になりますね」

「少し前までエストレーヤは危険な国だって言われていたみたいだけど、創設からわずか五年でわたしが留学しに来られるくらい平和になったのね。強くてかっこよくて国を守ってくれる頼もしい騎士様となら、そりゃ国民は握手したくなるわよね」

「……騎士様が人気な理由はそれだけじゃありませんよ」

「え？」

私はやるせない気持ちで言いました。

「使い魔の特徴その三、恋人や妻を持つ者が戦場にいると暴れ狂う」

「何それ。意味が分からないわ」

同感です。本当に魔女の使い魔は謎だらけ。

「一昔前は既存の騎士団や軍から美男子を選抜していたんですけど、かっこいい人には大抵恋人や奥様がいるでしょう？　討伐任務のたびに別れさせるのも可哀想だし、パートナーの存在を隠して戦いに出て使い魔が大暴れしちゃうこともよくあったそうです。その危険を失くすために……」

「まさか」

「そのまさかです。使い魔討伐のために創設された星灯騎士団《エストルス》は、結婚はもちろん男女交際すら禁じられています」

「命懸けで戦っているのに恋愛禁止なんて、騎士様たちが可哀想すぎない？」

「騎士様には富と名声と栄誉が与えられますから！　男性にとって憧れの職業で狭き門なんですよ！　任期を満了すれば引退するか選べますし、退団後はもちろん恋愛も結婚も自由にできます」

ネロくんも規約通り今はパートナーがいないはず。片想いはしても良いそうなので好きな人はいるかもしれませんが……。

「なるほど。騎士団在籍中はパートナーがいないって分かっているからこそ、遠慮なく推せるのね。そして一生騎士を続けるとは限らないからこそ夢が見られる、と」

「さらに大切なことが。最近の研究で魔力の譲渡に恋愛感情が絡むと、受け渡される魔力量が膨れ上がることが分かったそうです。つまり……」

「つまり？」

「私たちの愛が強ければ強いほど、推し騎士様の力になれるってことです！」

使い魔出現時に騎士様へ魔力を譲渡するのは国民の務めとされていますが、今では強制されなくても魔力という名の愛を注ぎに行く乙女は多いです。

大好きな騎士様の力になれるなんて、最っ高の幸せですから！

「星灯《エストルス》騎士団の強さの秘密がよく分かった。ファンの女の子を姫扱いしてちやほやするのも当然だわ。そのほうが握手会でたくさん魔力を貢いでもらえるものね」

「なんか人聞きが悪くないですか？」

「だって、王国が見目麗しい独り身の騎士様たちを利用して、国民から魔力を巻き上げてるってことでしょう？　魔力をお金に置き換えて考えると、かなり恐ろしいわよ」

「異議ありです！　騎士様たちは国を守るために命懸けで戦っていますし、それを応援させてもらいつつ、少しだけ乙女の夢を叶えてくれる……。素敵なシステムですよ。女王陛下万歳！」

魔力譲渡方法として握手会を企画・実行したのは、何を隠そう現女王陛下なのです。

その他にも、定期的に撮影会や舞踏会、トークショーや訓練発表会などのイベントが催されたり、貴族街と平民街のそれぞれに騎士様が店員として働くカフェがあったり、ファンへの福利厚生が行き届いています。

「さまざまな催しの入場料や飲食代が騎士様たちのお給料の一部となり、それで美味しいものを食べてもらって、巡り巡ってネロくんの血肉になっていると思うと、ものすごく幸せな気分になって……」

「お金も貢がされているじゃない！」

「変な言い方しないでください‼　払わせてもらっているんです。そうだ、今度一緒に騎士カフェに行きましょうよ。トップ騎士様たちがプロデュースしたメニューが食べられますよ！　ネロくんは基本的に厨房《ちゅうぼう》スタッフなんですけど、運が良ければ会えますから」

「目を覚まして、メリィ。魔力はともかく、お金は減ったら自然には戻らないのよ」

留学生のエナちゃんにはまだ受け入れがたいシステムのようです。

とても健全で楽しい体験ができるのに。

☆☆☆

今日も彼女とうまく話せなかった。

もっと日頃の感謝を伝えたいのに、どうしても照れが邪魔をする。

「おい、ネロ。出てくるぞ」

「はいっ」

ジェイ先輩が指さした茂みが動いたので俺は矢を番《つが》える。出てきた水色のスライムを即座に射抜き、ほっと息を吐いた。

「やっぱりお前、腕がいいな。さすが元狩人！」

「いえ、そんな……ありがとうございます」

王都近郊の街道近くにスライムが大量発生したという報《しら》せを受け、星灯《エストルス》騎士団が出動することになった。

ほとんどのスライムを倒し終え、素材の回収を始める。

スライムの粘液はさまざまな薬品や顔料の素材になり、騎士団の大切な活動資金に変わる。

任務の報酬は俺にとっても有難い。

俺が星灯《エストルス》騎士団に入ったのは、金を稼ぐためだ。

父が他界し、母が病に倒れてから俺の生活は一変した。

母の病は村の医者では解明できず、父の仕事道具を泣く泣く売り払い、なんとか金を作って王都の医者に母を診てもらったところ、特殊な手術が必要な難病だと判明。

……目の前が真っ暗になった。

狩りくらいしか特技のない俺には、いつまで続くか分からない入院費と治療費、高額な手術代を稼ぐ手段はなかったんだ。

途方に暮れていた俺にたまたま病院に来ていた星灯《エストルス》騎士団の関係者が声をかけてくれなかったら、今頃どうなっていただろう。

最後の最後で運に恵まれていた。

父は村一番の狩人で、母は村一番の美女。一人息子の俺は、両親の良いところを受け継いだらしく、騎士の採用要項を満たし、入団試験にもなんとか合格できた。

だけど入院中の母はとても心配している。

なにせ騎士は危険な仕事だ。

スライム退治ばかりならともかく、使い魔が出現した時には命懸けで討伐しに行かなければならない。

「危険な仕事で治療費を稼ぐよりも、結婚して孫の顔でも見せてくれるほうが嬉しい」なんて言われた日には、どんな顔をしたらいいのか分からなかった。

星灯騎士団《エストルス》に在籍している限り、恋愛はご法度なのに。

「そういえば今日も来ていたのか？　ネロの姫君。メイちゃんだっけ？」

「……メリィちゃん、です」

出発前、一時間だけ広場で魔力譲渡の握手会が開催され、通りかかった心優しい王都民の方々が募金感覚で魔力を分けてくれた。

人気騎士の天幕には女性が列をなしていたけれど、基本的に俺のところには行列に並ぶのを避けた善意の民しか来ない。

……メリィちゃんを除いて。

「そうそう！　羨ましいなぁ、おい。あんなに可愛くて、胸もでかくて、毎回握手会に来てくれる子なんてなかなかいないぜ。カフェにも通ってくれてるんだろ？　金もあるってことは、もしかして貴族のご令嬢か？　ほんと愛されてるよなぁ、ネロ。俺もああいう固定ファンが欲しいぜ」

「やめてください。姫君をそういう目で見るのは」

ジェイ先輩はからかうように口の端を持ち上げた。

「悪い悪い。お前にとって、メリィちゃんは唯一の姫君だもんな。大切にしなきゃな」

「…………」

星灯騎士団《エストルス》のファンの中でも、特に熱心に応援してくれる女性のことを俺たちは姫君と呼んでいる。

主な判断材料は、握手の後にお約束のやり取りをするかどうかだ。

自分でいうのはとても恥ずかしいし、未だに信じられないけど、メリィちゃんは俺の姫君ということになる。

「メリィちゃんのほうはどうなんだろうな？　実は他の騎士も応援してたり、彼氏がいるようなそぶりは？」

「それはなさそうです。その……俺一筋だって言ってくれましたから」

「へぇ！　まぁ、普通なら態度とかファッションとかで本気度を推し量るもんだけど、俺たちは渡してくれる魔力の量で思いの丈が大体分かっちまうもんな。そこんところはどうなんだ？」

「……メリィちゃんが譲渡してくれる魔力量はずば抜けてます。しかも、会うたびに増えていて」

「やべぇ！　俺まで恥ずかしくなってきた！」

ジェイ先輩は手で顔をあおぎ出した。俺も顔が熱い。

思い返せば、初めて会った時のメリィちゃんは物静かで素朴な雰囲気の女の子だった。

それが今では見違えるほど明るくおしゃれになっている。

『私が推していることで、ネロくんに恥ずかしい想いをさせたくないですから』

俺が勇気を出して初めて見る髪型を褒めた時、メリィちゃんははにかみながらそう言った。

つまり、メリィちゃんが可愛く着飾るようになったのも俺のため？

最近はもう、眩しすぎて目を合わせるのも難しくなっている。

「ネロ、分かってると思うけど、気を付けろよ。今はまだ騎士を続けなきゃいけないんだろ？」

「……はい」

騎士でいる間は想いに応えることはできないし、気のあるそぶりをするのも良くない。

だけど、俺だってできれば何か返したいんだ。

貴重な時間を割いて握手会に来て、惜しみなく魔力を譲渡してくれるメリィちゃんには本当に感謝しているから。

「ジェイ先輩、騎士として姫君を大切にするにはどうすればいいんでしょうか？　何をすれば喜んでもらえるか分からなくて」

「そりゃやっぱり、丁寧に対応することじゃねぇか？」

「騎士の礼はきちんとしているつもりです。でも、喋るのはやっぱり苦手で……会話が長続きしないんです。五分も何を話せばいいのか」

「え、お前、一人五分も使ってるのか？」

「ほとんど誰も来ないので」

握手会で一人あたりに割く対応時間は騎士それぞれだ。

人気のトップ騎士たちは並ぶ人が多すぎて、握手の時間が数秒程度しかないらしい。

トップ騎士たちのことは心の底から尊敬しているが、羨ましくはない。

一日に何百回も握手をするなんて、考えただけで気疲れしてしまう。

「じゃあ、そうだな……騎士として活躍すればいい。功績授与式でネロの名前が呼ばれれば、喜んでくれるだろ」

「活躍……」

「周期的にそろそろ使い魔が出てもおかしくない。ネロはまだ使い魔と戦ったことないよな？」

「はい。前回は選抜漏れしています」

半年前の使い魔討伐の際は入団したばかりだったから選ばれなくても仕方がない。むしろ、選ばれなくて良かったと安心していたくらいだ。

母が嫌がるだろうし、本当に死の危険があるから正直俺も怖かった。

「射手は人数が少ねぇから、お前の腕なら選ばれる可能性はあるぞ。アピールしていけ」

「……はい」

「はは、そんなにビビるなよ。これが星灯《エストルス》の騎士の使命だろ」

ジェイ先輩は励ますように俺の肩を叩いた。

そうだ。俺たちの仕事は人々にちやほやされることではない。使い魔を倒して国を守るために存在しているんだ。

「尽くしてくれる姫君を守るためにも、頑張らないとな」

メリィちゃんのことを思い浮かべ、俺は深く頷いた。

♡♡♡

ネロくんに出会ったのは、半年前。

学校で友達とうまくいっていない時期でした。

私は、祖父の代で没落した貴族家の出身です。

父に商才があったおかげで普通に暮らせるようになりましたが、学校でその話が広まると仲良くしていた子に避けられるようになって、気づけばいつも一人きり。涙が込み上げてくるほど寂しい思いをしていました。

そんなある日。

広場で星灯騎士団《エストルス》の小規模な握手会が催されていました。

これまで使い魔出現時の大規模な握手会にしか参加したことがありませんでしたが、きっと人恋しくなっていたのでしょう。いつの間にか賑やかな雰囲気に惹かれて足が動いていました。

近づいてから人気の騎士様の列には同じ学校の生徒が並んでいるかもしれないと気づき、慌てて一番隅っこの列ができていない天幕に飛び込みました。

私が足を踏み入れた瞬間、そこにいた騎士様――ネロくんは目を見開きました。

「あ……」

案内役のスタッフさんすらいない空間でとても綺麗な顔立ちの男の子と二人きり……。

思わず逃げ出したい衝動に駆られましたが、ネロくんが心の底から安堵《あんど》したように頬を緩めたので、私もなんだか気が抜けてしまいました。

「ありがとう、ございます。俺、その、握手会をするのは今日が初めてで……。誰も来てくれないと思っていたからびっくりしました」

「そ、そうなんですか。新人騎士様なんですね」

「はい。第七期入団のネロ・スピリオです。よろしくお願いします」

お互いぎこちなく手を差し出し、握手とともに魔力の譲渡を行います。

お姫様扱いされたい時はここでこちらからお決まりのセリフを言うのですが、私はすぐに手を離しました。

「頑張ってください。怪我がないように祈っています」

単純に心配でした。こんなに優しそうな男の子に魔物討伐ができるのでしょうか。

「…………」

ネロくんは自らの手を見て、感動したように吐息を漏らしました。

「すごい。魔力だけじゃなくて、勇気や元気も分けてもらえた気がしました。きみのおかげで頑張れそうです」

初めての握手会に相当緊張していたのでしょう。その声には、純粋な感謝の温かさが込められていました。

「本当にありがとう」

私に向けられた優しい微笑み。

目が合った瞬間、視界がやけにくっきりとして、世界中の時間が、いえ、私の心臓そのものが止まってしまったのかと錯覚しました。

か、かっこいい……好き！

こんなにも唐突に恋に落ちることがあるのですね。

ネロくんに出会ってから私の人生は一変しました。

寝ても覚めても彼のことしか考えられなくなり、騎士団の動向を追いかける生活が始まったのです。

なんて充実した毎日でしょう。

学校での噂話なんてもはやどうでもいい。

気になるのは彼に関することだけ。

身だしなみに気をつけるようになり、メイクやファッションの研究もたくさんしました。

ネロくんを応援する者として恥ずかしくない姿でいたい。

私のことを覚えてほしい。

そして願わくは、少しでも彼に可愛いと思われたい。

しかし現実問題、推し活をするにもオシャレをするにもお金が必要でした。

恋する乙女に躊躇《ためら》いはありません。

父の仕事を手伝ってお小遣いをもらうだけではなく、商工会に登録して短期のアルバイトを紹介してもらうようになりました。

人見知りで消極的な性格だったはずなのに、この行動力はどこに眠っていたのでしょう。

そんな最も情緒と生活習慣を乱されていた頃のこと。

ネロくんのことを考えると胸がいっぱいで食事が喉を通らず、寝る前の妄想に熱中しすぎて眠れず、なけなしのコミュニケーション能力を振り絞ってアルバイトや情報収集をしていたため、私は疲れきっていました。

全ての情熱をネロくんに傾け、推し騎士様ができた喜びを全力で味わっていたともいいます。

結果、風邪を引きました。

心の暴走に体がついてこられなかったようです。

学校で熱を出して早退し、そのまま王都で一番大きな病院に一人で行きました。

「こほっ」

少し咳が出ていたので、空いていた隅の席に座ります。

ぼんやりしていると、どんどん熱が上がっていくのを感じました。

目を閉じ、自分の名前が呼ばれるのを待ち続け……。

「あ……」

近くで聞こえた声に薄目を開けると、美しい顔の少年が私を見下ろしていました。

最初は夢と現実の区別がつきませんでしたが、徐々に視界が鮮明になり、私は心の底から驚きました。

「ネロ様っ⁉」

「すみません。握手会に来てくれた子だと思ったら、つい……。随分つらそうだけど、大丈夫ですか？」

さまざまな衝撃が波状的に押し寄せてきて、私はすぐに反応できませんでした。

推し騎士様が目の前にいる。

しかも私のことを覚えていてくれて、心配までしてくださっています。

初めて会った握手会以来だったので、てっきり想像を膨らませて美化しているかと思っていましたが、とんでもありません。

なんなら握手会の時よりもかっこいい。なんて綺麗なお顔……。

「あ、あまり近寄らないでくださいっ」

かすれた小声で伝えると、彼は目を見開きました。

ああ、違います。拒絶したかったわけではありません。

「風邪がうつってしまったら大変です」

星灯《エストルス》の騎士様は国の要にして宝。

私のせいで彼が発熱で苦しむことになったら耐えられない。

「でも」

「変な噂になっても申し訳ないですし……」

星灯《エストルス》騎士団は恋愛禁止。

病院の待合室とはいえ、同年代の異性と一緒にいるのを目撃されて、彼の社会的評価が損なわれたら大変です。

「大丈夫だよ。俺のことなんて誰も知らな――」

「大丈夫じゃないです！　ご自分がどれだけ魅力的かご存知ない？　いつ世間に見つかるか分からないんですよ！」

「え？　えっと……じゃあ離れて座っていますから、なにかあれば言ってください」

「ごめんなさい。せっかく声をかけてくださったのに……」

「ううん。お大事に」

彼は小さく微笑んで私の斜め後ろの席に腰掛けました。

ああああああ！

ここ数日何度も妄想した〝推し騎士様に街中で偶然遭遇したら〟が現実に！

治療のために病院にきたのに、ますます熱が上がってしまいそうです。

態度が悪くなかったかな、ひどい顔色を見られちゃった、とぐるぐるとネガティブなことを考えてしまいました。

そもそも、どうして彼が病院にいるのでしょう。

どこか具合が悪いのか、訓練でお怪我をされた？

とても心配ですが、こちらから距離を取ったのに今更話しかけられません。振り返る勇気すらありませんでした。

「メリィ・ハーティーさん、診察室にお入りください」

名前を呼ばれ、ネロくんに高速で会釈《えしゃく》をして診察室に向かいます。

お医者様に診ていただくと、流行している風邪とのことでした。薬を飲んで安静にしていればすぐに良くなると言われ、一安心です。

診察をすませて待合室に戻ると、彼の姿はもうありませんでした。


一週間後、完全回復した私はネロくんの二回目の握手会に参加しました。

ドキドキしながら天幕の中を覗くと、ネロくんが驚きつつも目礼をしてくれます。

私は直角に体を折り畳んですぐに謝罪をしました。

「あ、あの、先日は申し訳ありませんでした。心配してくださっていたのに、大変失礼な物言いをしてしまって……」

「そんな、全然！　こちらこそ考えなしに声をかけてごめんなさい。……もう大丈夫ですか？」

「はい！　ちゃんと完治しています！」

ネロくんは安堵したように口元を緩めました。

キュン、と胸が跳ねます。また熱がぶり返しそうな威力です。

私はこの一週間、たっぷり悩んだことを質問しました。

「あの日はどうして病院に？　ネロ様も体調を崩していらっしゃったのですか？　それともお怪我？　任務に出て大丈夫なんですか⁉」

「え。いや、俺は健康そのものです。あの病院には母が入院していて、お見舞いのために……」

「お母様が入院⁉」

「ちょっと珍しい病気なだけで、容体は安定しているので……大丈夫です」

そう言いながらも歯切れが悪く、快方に向かっているという感じではありません。内容が内容だけに、それ以上踏み込んで質問することはできませんでした。

「すみません、母のことはできれば内緒にしてください」

「もちろん誰にも言いません」

むしろ私に話してしまって良かったのでしょうか。

軽く混乱していると、ネロくんは爆弾を落としてきました。

「えっと、改めて。また来てくれてありがとうございます……メリィさん」

「な⁉　ど、どどどうして私の名前を⁉」

「病院の待合室で名前を呼ばれていたのが聞こえて。……あ、勝手に名前を知られるの、気持ち悪いですよね。ごめんなさい」

「そんなそんな‼　光栄です！」

推しの騎士様に名前を覚えてもらうのがどれだけ大変なことか、他の姫君に話を聞いていた分、感動もひとしおでした。

風邪でぐちゃぐちゃの顔を見られた時は終わったと思いましたが、それを差し引いてあまりある幸運……！

こんな良い思いをしていいのでしょうか。申し訳ないので明日は近所のゴミ拾いをします！

もしかしてネロくんがお母様のことを教えてくださったのは、予期せず私の個人情報を知ってしまった負い目からでしょうか？　だとしたら本当に……言葉もありません。

「そうだ。ずっと引っかかっていたんですけど、様付けは慣れないから呼び捨てで大丈夫ですよ」

「で、ですが、騎士様に対してそんなこと」

「俺の同期なんて、ちゃん付けしてもらっているくらいですし、俺も友達みたいに接してもらったほうが嬉しい、です」

そう言ってはにかむネロくんが可愛すぎました。

友達みたいに……。

一気に距離が縮まるという欲求には逆らえません。

「で、では、僭越《せんえつ》ながら〝ネロくん〟とお呼びしても？」

「はい」

「ではではっ、私のことも呼び捨てかちゃん付けにしてください！　あと、敬語もなしがいいです！　私のほうが年下なので！」

後から考えると図々しいお願いでしたが、ネロくんは快く了承してくださいました。優しい。

「じゃあ……メリィちゃん」

「ひっ」

「あ、嫌だった⁉」

「違います！　嬉しさのあまり」

随分たっぷり話し込んでしまったようです。誰かが天幕の前に並ぶ気配を感じました。

「握手……してもいいかな？」

「はいっ」

私は悩みました。

騎士の礼をお願いしてみたいけれど……恥ずかしい。

私からお決まりのセリフを言うということは、「あなたを推します」という表明に他なりません。

私なんかに推されて、ご迷惑じゃないでしょうか？

少しでも嫌がられたら生きていけません……。

その躊躇いから何も言えず、私たちはそのまま魔力譲渡を終えました。途端に後悔が押し寄せてきます。

「あ」

「どうされました？」

ネロくんは自分の手の甲を見て驚いています。

心なしか頬も赤くなっているような……。

「ううん、なんでもない！　ありがとう、メリィちゃん。気をつけて帰ってね」

「ネロくんのほうこそ、お気をつけて」

この時の私は、譲渡した魔力量が跳ね上がっていたことに気づいていませんでした。

そう、言葉で表明しようがしまいが、思いの丈はネロくんにバレバレだったのです。

帰り道、ふと疑問に駆られました。

お母様のお見舞いに行ったはずのネロくんが、どうして待合室に居続けていたのでしょう？

もしや一人の私を心配して、診察の順番が来るまで見守ってくれていたのでは……。

「全力で推します！」

私は次の握手会で、念願の騎士の礼をしてもらったのでした。

♡♡♡

スライム退治のための握手会から数日後。

使い魔の出現が報じられました。

すぐさま任務に向かう騎士様の選抜が行われ、広場で大規模な握手会が催されることになりました。

ついにこの日が来てしまったのですね。

掲示板にネロくんの顔写真が貼られているのを見て、血の気が引きました。

使い魔出現時の握手会への参加は、エストレーヤ国民の義務。

重要な仕事やのっぴきならない事情で動けない人、病人以外の王都民は基本的に全員参加です。学校も休校になりました。

「すごい人ね」

「…………」

留学生のエナちゃんに義務はありませんが、周りの空気に当てられたようで参加を決意してくださいました。

「メリィはいつもの彼のところでしょう？」

「もちろんです。エナちゃんは？」

「メリィには悪いけど、せっかくだから一番人気の騎士様のところに並んでみようかしら。この国の第二王子様にお会いできるなんて、すごいことだもの。貴重な体験だわ」

使い魔の討伐任務には騎士団の最高戦力が駆り出されます。

五年前の創設時から不動のナンバーワンにして絶対的エース、エストレーヤ王国第二王子のアステル殿下。

強くてかっこよくて国民想い。最強で最高の騎士団長です。

星灯騎士団《エストルス》の存在が国民に受け入れられたのは、女王陛下が愛するご子息に危険な役目を託したことが大きいと思います。

アステル殿下は女王陛下の期待に見事に応え、多くの民に愛され、騎士たちを束ねるカリスマです。

「多分三秒くらいしか会えませんよ？　騎士の礼もしてもらえませんし」

「いいわ。その分、順番が回ってくるのが意外と早そうだし」

「ではあの中央の列に並んでください。アステル殿下の列はいつも最初に人数制限がかかるので、できるだけ早く――」

「分かった、ありがとう。メリィ、わたしの心配はいいから今はネロくんのことだけ考えなさい」

「うぅ、エナちゃん……」

エナちゃんと別れ、私はネロくんの元へ向かいました。

さすがに今日は少し混雑していますし、時間管理をするスタッフさんが珍しくいらっしゃるので、一人あたりの時間も短いようですね。

いろいろなことを考えている間に、私の順番がやってきました。

ネロくんにとっては初めての使い魔討伐任務。心配でたまりません。

「ああ、ネロくん。どうか、どうか無事に帰ってきてくださいね……！」

いつだって私の一番の願いは彼の身の安全です。

正直、行ってほしくありません。

全力で引き留めたい。

でもそれは他の騎士様を推しているファンも同じ気持ち。

誰かが命を懸けて使い魔と戦わねばならず、そのために創設されたのが星灯騎士団《エストルス》です。

だから、口が裂けても「戦わないで」なんて言えません。これは姫君たちの暗黙のルールです。

できることは想いと一緒に魔力を託して、無事を祈るのみ。

「ありがとう、メリィちゃん。俺、頑張るから」

頑張らなくていい。安全な場所にいてください。

その言葉を堪えて、私は差し出された彼の手を握りました。

いつもよりも冷たい指先。

ネロくんも緊張しているのだと悟りました。

私、このままだと泣いてしまいそうです。

「我が騎士に、聖なる加護を……っ」

魔力と心の全てをネロくんに差し出します。

「我が姫君に、必ずや勝利を」

ネロくんはいつもよりもずっと丁寧に、騎士の礼をしてくれました。

そしてすぐに離すかと思われた私の手をもう一度両手で包み込みます。

「メリィちゃんのことは、俺が……俺たちが守るから。大丈夫だよ」

いつもはほとんど目が合わないのに、今日のネロくんは真っ直ぐ私を見てくれました。

結局、我慢できずにその場で泣いてしまいました。

☆☆☆

メリィちゃんの涙は堪《こた》えた。

心配させないように伝えた言葉が裏目に出てしまったみたいだ。

こんな時でも彼女のことを考えてしまうなんて、俺はどうかしている。

「くっ、早く立て直せ！」

「ダメだ！　一旦退避！」

仲間の怒号が飛ぶ。

巨大なカラスの使い魔は不気味な鳴き声とともに宙を旋回している。

敵は空を飛ぶ上に、風を自由に操り動きも早い。

一撃離脱でじわじわと戦力を削られているのに、こちらの攻撃はほとんど当たっておらず苦戦していた。

近接戦闘を得意とする騎士たちも今日は魔術を駆使しているが、敵の動きが速くて狙いが定まらないようだ。

「……っ」

こういう時こそ射手の出番だ。

魔術の発動よりも早く攻撃できる。連射もでき、矢がある限り戦えるのが強み。

俺がやらなきゃ。頑張らなきゃ。

でも、強大な敵を前に矢を番える指先の震えが止まらない。

俺たち射手部隊は主戦場から少し離れた岩場に身を隠して、攻撃のチャンスを窺《うかが》っている。先ほど何人かが業《ごう》を煮やして突撃し、使い魔の攻撃を受けて戦線離脱してしまった。

他の部隊も同じような状態だ。どんどん追い詰められていく。

「使い魔ってこんなに強いのかよ！」

「弱体化してこれですか⁉」

「いや、今回は強いだけじゃなくて、知能も高い」

「こんなのどうすりゃいいんだ……！」

初任務の騎士だけではなく、先輩騎士の心も折れかけていた。

もうダメだ。

勝てっこない。

戦い続けたら待ち受けているのは死だ。

空を覆うほど巨大な黒い翼を前に、俺は弓を握り締めてその場にうずくまった。

本物の戦場を甘くみていた。半端な覚悟で来て良い場所じゃなかったんだ。

「まだだ！　諦めるな！」

その時、力強い声が荒野に響いた。

「団長……」

星灯騎士団《エストルス》長であり、この国の第二王子――アステル・エストレーヤ様が剣を高く掲げた。

透き通るような金髪と対を成すように、鈍色の剣が空に映える。

赤く輝く右手の紋章。その手に集められた膨大な魔力は、彼の人望の証しだ。

ああ、なんてかっこいい背中だろう。

「俺たちの後ろには誰がいる！　愛する家族を、友を、民のことを思い出せ！」

空中で身を翻《ひるがえ》したカラスの使い魔が、アステル団長を狙って急降下した。

一閃。

団長の剣と交差し、カラスは空高く逃げるように上昇。大したダメージにはならなかったようだが、その一撃は間違いなく騎士たちの心に希望を灯した。

「俺は逃げない！　一歩も引かない！　信じて力を託してくれた皆のため、命を懸けて最後まで戦う！　同じ志の奴は前へ進め！」

その声に、俺の覚悟も定まった。

今も俺の帰りを待ってくれているだろう母やメリィちゃんの顔を思い浮かべる。

いつもあんなに応援してくれているんだ。ここで応えなきゃ男じゃない！

「来るぞ！」

また使い魔が攻撃の体勢を取る。けれど、この距離では何もできない。

俺は恐怖を噛み殺して岩場から駆け出し、走りながら狙いをつけて矢を射った。

「っ！」

一射では当たらない。それは想定内だ。

避けたところを先読みして、二射目を放つ。

巨大な使い魔にとっては小さな矢だろうが、眼球を狙われたらさすがに無視できないだろう。

案の定、使い魔はほとんど反射的に風を操って矢を絡めとった。

「ここだろっ！」

全てが布石。獲物の動きを予見する方法は、亡き父に叩き込まれた。

それに、この間合いでこんな巨大な的を外すようなら狩人失格だ。

右手の紋章が紫色に光り輝く。魔力の全てをこの一矢に込める。

風が吹き荒れ使い魔が羽ばたいた瞬間、俺は即座に三本目の矢を放った。

これが今の俺にできる最高出力の攻撃だ。

地面に叩き落としてやる。俺たちは絶対に負けない！

♡♡♡

ネロくんが使い魔討伐に向かった翌日、王都全域に鐘の音が響きました。

通りを歩く人々が顔を上げ、瞬く間に笑顔の花を咲かせます。

「騎士様たちの凱旋よ！」

「この叩き方は戦死者ゼロだ！　良かった‼」

「さすが星灯騎士団《エストルス》！　オレたちの誇り！」

「出迎えに行きましょう、わたしたちの騎士様を！」

私とエナちゃんは顔を見合わせ、広場へ向かって駆け出しました。

門から広場へ続く大通りはすぐに民衆でいっぱいになり、やがて旗持ちを先頭に、馬に乗った騎士様たちや馬車が広場に入場してきます。歓声と拍手が鳴り止みません。

私はめいっぱい背伸びをして、彼の姿を探しました。

「ネロくん！」

馬車の荷台から降りてきたネロくんの姿を見つけて必死に呼びかけましたが、その声は歓声にかき消されて届きませんでした。

大きな怪我をしているようには見えません。それだけで私は大きな不安から解放されました。本当に良かった……。

そのまま騎士様たちが広場の舞台に上がり、凱旋セレモニーが始まりました。

トップ騎士様たちが並ぶだけで、乙女の黄色い悲鳴が響きます。

「みんな、ただいま！」

拡声魔術を使っての第一声。

アステル殿下が元気よく手を挙げます。

王族とは思えぬ気さくな挨拶に、民も笑顔で「おかえりなさい！」と応えました。

騎士様の中には包帯を巻いている方もいますが、集まった民衆に微笑みかけて手を振ってくださっています。その姿に胸が熱くなりました。

「今回も厳しい戦いだったけど、戦死者を出さずに帰ってくることができた。全部、ここにいるみんなの応援のおかげだ。本当にありがとう！」

アステル殿下は朗《ほが》らかに、よく通る声でおっしゃいます。使い魔と激闘を繰り広げた後とは思えない爽やかさです。

そして広場に集まった民を見渡し、振り返って仲間の顔を一人一人確認してから、ふっと顔を伏せました。

「本当に、よかった……。またみんなを家族と会わせてやれて」

アステル殿下の涙で震えた声に、どよめきが起こりました。

ああ、これだからアステル殿下の人気は不動なのです。

底抜けに明るくて頼もしい王子様のこんな姿を見て、心を打たれない国民はいません。

「アステル様……！」

国民ではないエナちゃんですら口元を両手で覆って息を呑んでいます。

どうやら劇的に〝出会って〟しまったようですね。

ようこそ、こちら側へ。

「あー、ごめん！　じゃあ功績授与式を始める。よろしくお願いします、兄上」

副団長の肩を借りて泣いているアステル殿下から、第一王子のサミュエル殿下へと進行役が変わりました。

呆れたような、慈《いつく》しむような瞳で弟を見つめながら、サミュエル殿下がこのたびの騎士団の活躍を称えてくださいます。

「では、功績授与に移る。アステル・エストレーヤ。団を鼓舞し、見事使い魔の首を討ち取ったそなたに第一戦功を授ける！」

盛大な拍手とともに、魔術が使える民衆がそれぞれ赤い光を空中に発現させました。

ファンの数が段違いということもあって、広場全体が赤く燃え上がっているようです。

アステル殿下が大きく手を振ってそれに応える光景は、とても感動的です。

「第二戦功はバルタ・ダルト！　使い魔の決死の猛攻から団員を守り切った！　また、負傷者をいち早く退避させたことで、戦死者ゼロという喜ばしい結果を生んでくれた！」

盾持ちという防御の要のトップ、バルタ様がたくましい腕を天に突き上げると彼のファンが喜びの声とともに、黄色い光を放ちました。男性ファンも多く、雄叫びのような声も聞こえてきます。

「第三戦功、トーラ・クロム。勇敢にも囮《おとり》となって使い魔の注意を惹きつけ、勝機を呼び込んだ。彼は怪我の治療のために不在だが、命に別状はない。安心せよ」

アステル殿下と双璧を成す、騎士団で二番目の剣士トーラ様。

彼のファンは壇上に姿が見えないことに動揺していたようで、無事だという発表にすすり泣く声を漏らしました。青い光がそこら中から打ち上がり、広場が海のように美しく波打ちます。

「そして最後に、第四戦功……ネロ・スピリオ！　空を飛ぶ使い魔の翼を射抜いて飛行能力を奪い、反撃の糸口を作った。入団して半年にもかかわらず、よく立派に戦ってくれた！」

一瞬、広場が無音になりました。

「え、誰」

「知らない」

「新人騎士様？」

「一体何者なんだ？」

徐々にそんなざわめきが広がっていきます。

私もまた、驚きのあまり一瞬声を失くしてしまいましたが、普段から妄想で鍛えていた成果でしょう。何をすればよいのか瞬時に理解し、反射的に動いていました。

さぁ皆様、彼が私の推し騎士様です！　とってもカッコイイでしょう!!

「おめでとう、ネロくん！」

誰よりも先んじて、紫色の光を派手に上空へ打ち上げました。

壇上の後ろから、先輩騎士様に前列に引きずり出されたネロくんが、その光を見て目を見開いています。

遠く離れていたけど、ほんの刹那、瞳が交錯して……私を見つけてくれました。

信じられない。

ネロくんは小さく手を振り、にっこりと微笑みました。

まさかの個人レスポンス⁉

しかもネロくんのこんな満面の笑顔、見たことありません！

私は幸せのあまり、その場に崩れ落ちてしまいました。

☆☆☆

「この間は本当にありがとう。俺が戦えたのはメリィちゃんのおかげだよ。功績授与の時に上げてくれた紫の光も嬉しかった」

使い魔の討伐記念感謝祭で、俺は改めてメリィちゃんに礼を述べた。

今日は魔力譲渡が目的ではなく、応援してくれる方々へ感謝を伝える握手会。

つまり、列に並んでくれるのは純粋に俺に会いに来てくれる人だけだ。

「いえ、そんな、ネロくんの日頃の努力が実った結果です。それに、ネロくんのお力になれるのは私にとっても最高に幸せなことですから。とてもご立派で……本当におめでとうございます」

メリィちゃんはちらちらと後ろを振り返りながら、ぎこちなく笑っている。

いつもだったら誰も待っていないのに今日は俺の天幕にも列ができていて、メリィちゃんと同じ年くらいの女の子の姿もあった。

功績授与式で無名だった俺がいきなり引き立てられたから、興味を持ってくれたのだろう。

魔力譲渡のない感謝祭ではたくさんの騎士に会いに行く子もいると聞くし、それほど驚くことではなかった。

組織全体を応援することを箱推しというらしい。

「これは喜ばしいこと、素晴らしいことなんですから。世間に見つかるのが遅すぎたくらいです。いつかこうなると分かっていましたよ……。ネロくんが超絶素敵な騎士様だってことは、私が一番よく知っていますもの」

しかし、どうやらメリィちゃんは他の女の子が気になるらしい。どこか元気がない。

きっと、あの子たちはただの興味本位で立ち寄ってくれただけで、本気で俺を推すつもりはないと思う。

使い魔討伐任務で活躍すればメリィちゃんに喜んでもらえると思ったけど、そんなに単純な心理ではないみたいだ。

「あ、違うんです！　訳知り古参マウントを取りたいわけではなく……！　害悪だと思われないように気をつけます。ちゃんと皆さんと足並みを揃えて応援しますから」

「…………」

なんだろう、この気持ち。

俺はメリィちゃんの献身に騎士として応えたかった。

実際、今回は幸運にも活躍できて彼女を喜ばせることができたと思うし、騎士団にも貢献できて嬉しい。

でも、願ったり叶ったりなのに、良くないことを考えてしまう。

たとえば、後ろに並んでいる女の子たちの何人かがファンになってくれたとしても、俺は公平に対応できるだろうか。

それどころか、俺にファンができたことでメリィちゃんが安心して他の騎士に心変わりしてしまったらと案ずる自分がいる。

どうしよう。

「あと三十秒でーす」

騎士団の事務局の職員が無慈悲に時をカウントしていく。今日は俺も一人あたりの対応時間が一分しかなかった。

こうしてまごついている間にも、どんどん時間が無くなってしまう。

慌てて手を差し出すと、メリィちゃんはそっと握り返してくれた。

いっそのこと、俺も彼女に魔力を譲渡したい。

そうすれば、どれだけ大切に想っているのか分かってもらえるのに。

メリィちゃんは初めての握手会で最初に魔力譲渡をしてくれた女の子。

それから毎回欠かさず握手会に通ってくれて、いつも俺の無事を祈り、魔力と心を捧げてくれる。

「あの、メリィちゃん。俺は……」

きみさえいればそれでいい。

俺にとって唯一無二の特別な姫君だよ。

焦った俺は、思わず愛の告白みたいなことを言いそうになった。

ダメだ。これを口にしてしまったら、騎士を続けられなくなるかもしれない。

「俺は、えっと……二年契約なんだ！」

気づけばそう口走っていた。

メリィちゃんが首を傾げる。

「あと一年半は契約に従って騎士を続ける。できればもっと功績を増やして、最後まで立派に務めを果たしたい」

勢いのまま俺は必死に今後の目標を述べていた。

偉そうだと思われないといいけど、どうしてもこれだけは言っておきたかったんだ。

二年間騎士として働けば、母の手術費用を賄《まかな》える。

逆を言えば、二年間はなんとしても騎士を続けなければならない。

王都での生活、騎士の訓練や任務、母の見舞いや検査の付き添い、騎士カフェでの仕事。

毎日目まぐるしくて、今の俺にはそれ以上の物事を抱える余裕はなかった。

「あと一年半……」

「うん。時間が限られているからこそ、精一杯頑張るよ。その……これからもメリィちゃんに応援してもらいたいから！」

俺も、絶対にメリィちゃんに恥ずかしい思いはさせない。

きみが胸を張って推せるような立派な騎士になってみせる。

だから、周りの目なんて気にせずに今まで通り会いに来てほしい。

そう願わずにはいられなかった。

「そんな！　もったいなさすぎるお言葉！　もちろんです。これからも全力で推させていただきます。一年半後、悔いが残らないように」

メリィちゃんは顔を上げて、握手をする手に力を込めた。

その瞳は夜空の星のようにキラキラと輝いていて、見つめているだけで吸い込まれそうだった。

「これからもずっとずっと大好きですよ、ネロくん。生まれてきてくれてありがとうございます。私の推し騎士様はあなた以外にいません」

「っ！」

そこで時間切れになった。

握手を終えた俺の右手が、無意識に左胸に向かう。

心臓がとんでもない速さで鼓動を刻んでいた。

「退団するまで毎秒無事をお祈りしていますから！」

心に火が点《つ》いたのか、メリィちゃんはピカピカの笑顔で去っていった。

メリィちゃんが男だったら、アステル団長と人気を二分するくらいの騎士になっていたかもしれない。

それくらい、とんでもなく魅力的な笑顔だった。

……本当に頑張ろう。

とにかく今は顔の熱を冷まさないと。
俺は芽生えかけた感情を頭の隅に追いやって、必死に平静を装った。

第二章　推しのいるカフェ

♡♡♡

ファンとは何か。

見返りを求めていいのか。

推しに本気で恋する乙女に未来はあるのか。

それは私の中の永遠のテーマです。

最近、私はあの発言を思い出すたびに身悶えしていました。

『これからもずっとずっと大好きですよ、ネロくん。生まれてきてくれてありがとうございます。私の推し騎士様はあなた以外にいません』

記憶違いでなければ、ネロくんにはっきり「大好き」と言っています！

好意が伝わる物言いは今までも散々していましたが、ストレートな表現は避けていました。

けれどネロくんの退団まであと一年半。

ファンとして会いに行ける時間の少なさを実感して、思わず口走っていました。

その上、生まれてきてくれたことへの感謝まで……。

いつも綺麗な青空に向かって呟いていたことをご本人に言ってしまうなんて、本当にどうかしていました！

ただでさえ変なファンだと思われていそうなのに、さらにネロくんを困惑させていたらどうしましょう。

輪をかけて最悪なのが、彼の反応をまったく見ずに帰ってきてしまったこと。

どう思われたのか不安で仕方ありません。

愛の告白だと思われていたらどうしましょう。

いいえ、愛の告白で間違ってはいないのですが、決して「付き合ってほしい」とか「ネロくんの気持ちを聞かせてほしい」とか、そういう意味で言ったんじゃないんです。

星灯の騎士《エストルス》は恋愛禁止。

交際を迫るなんて迷惑でしかありません。

頑張っているネロくんの邪魔はしたくないし、負担にもなりたくないのに……どうしてこんなことに！

ああ、恥ずかしい！

次にお会いする時、絶対に変な顔になってしまいます！

……お、落ち着きましょう。

ネロくんの魔物討伐任務、すなわち握手会は一カ月に一、二回ほど。まだ数週間の猶予があるはず。

ネロくんの記憶から薄れたのを見計らって、何事もなかったかのように振る舞えばいいんです。

あ、もちろん明日握手会があれば参加しますよ。

ネロくんに魔力譲渡をするためなら羞恥心なんて捨てられますから。

まぁ、これまでの傾向からいってしばらく任務はないはずです。頭の冷却期間を十分に設けられます。

ネロくんは任務以外の日は基本的に訓練をしていて、その合間に騎士カフェで働いています。訓練見学会に応募して一喜一憂したり、カフェに行って偶然ネロくんに会えるのを日々の糧にしていたのですが、しばらくはお預けですね。

心の栄養が尽きてしまいそうですが、仕方ありません。

うーん、放課後は何をして過ごしましょう。ネロくんに出会う前はぼんやり過ごしていたのですが、今はやるべきことがたくさんあります。

新しい短期バイトでお金を稼ぐか、少しでも可愛くなるために最新のコスメや流行のチェックをするか、イベントの当選率を上げるために善行をして徳を積むか。

どれもこれも、結局ネロくん絡み……。会いたい気持ちが高まってしまいます。

「ねぇ、メリィ。午後の授業が終わったらこの前言っていた騎士カフェに連れて行ってくれない？」

「え!?」

学校のお昼休み。

食堂で私が一際大きなため息を吐いた瞬間、エナちゃんにそうお願いされました。

まるで心の中を読まれたかのごときタイミング。

「えっと……アステル殿下はいらっしゃいませんよ？」

「分かっているわ。でも、アステル様が考案したメニューもあるんでしょう？　今は少しでも彼にまつわるものに触れたいの。お金を使いたい」

エナちゃんもまた、大きなため息を吐きました。

先日の凱旋セレモニーでアステル殿下の魅力にとりつかれて沼落ち――底なし沼に沈んでいくかのように深くハマってしまってから、エナちゃんはすっかり正気を失っています。

口を開けばアステル殿下のことを話し、手あたり次第情報を集め、もっと早く出会いたかったと嘆き、エンカラである赤い雑貨を買い集めています。

ちなみにエンカラというのはエンブレムカラーの略称で、騎士様の右手の甲にある紋章の色のことです。

身に覚えのある行動の数々に戦慄しながらも、私はエナちゃんの推し語りに付き合っていました。

活き活きとした表情で過激なことを言うエナちゃんと一緒にいるのはとても楽しく、心の底から響き合える友達に出会えて本当に嬉しかったんです。

さすがにこの国に永住する方法を相談された時は、ご両親とよく話し合うよう遠回しに伝えましたけども。

騎士カフェに行ってみたいという友達の願いを叶えるのは、やぶさかではありません。

元はといえば、私がお勧めした場所。むしろ大変嬉しいお誘いでした。

ですが、たった今、しばらくネロくんの視界に入らないようにしようと決めたばかりなのに……。

「今日というか、今週はちょっと」

「メリィに推し騎士様より優先する予定があるの？」

「あるわけないです。そうではなく……実は――」

嘘を吐いてお誘いを断るのは不誠実だと思い、私は正直に打ち明けました。

ネロくんに勢いで「大好き」と言ってしまったことが恥ずかしく、しばらく顔を合わせられないと。

エナちゃんは眉一つ動かしませんでした。

「どうでもいい。わたしは今日行きたい。一人で行くのは恥ずかしいから一緒に来て」

ふふ、私の事情なんて飢えたエナちゃんの前では無価値でした。

「いけませんよ、エナちゃん。推し以外心底どうでもよくなる気持ちは分かりますが、表面上は取り繕ってください。社会性と人間性を失ったら推し騎士様が悲しみます」

「……そうね。ごめんなさい。じゃあ友達として心配だから言うけど……いいの？　メリィが急に会いに行かなくなったら、ネロくんも気にするかもしれないわよ」

「う。それは……」

「恥ずかしい記憶が薄れるのを待つのではなく、たくさんの素敵な思い出で上書きすればいいじゃない。ねぇ、メリィ。今日のネロくんには今日しか会えないのよ？　見逃しても後悔しない？」

私は思わず机に突っ伏しました。

こうも的確に私の乙女心とファン心理を揺さぶってくるなんて。エナちゃん、もうこのレベルまで理解しているんですね……。

「どうあがいてもわたしは新参者。アステル様が騎士になられてからの過去五年間、リアルタイムで追えていない。どれだけ想いが強くても、大金を積み上げても、過ぎた時間は取り戻せないの。その点に関しては、最初から応援しているファンにマウンティングされるしかない運命……。でもメリィはそうじゃないでしょう。これまでもこれからもずっとネロくん推しの最古参でいられる立場なのに、みすみすそれを手放すことになったりしたら、あまりにも愚かでは？」

「ぐっ！」

「この際だから言わせてもらうけど、恥ずかしいとか今更じゃない？　どうせメリィのことだから今までも危ない言動を繰り返してきたんでしょう？　大好きなんて可愛いものじゃない。多分ネロくんはこれっぽちも気にしていないわよ。いつものだなって聞き流しているに違いないわ。ううん、もしかしたら喜んでいる可能性だってあるのに、我慢する必要ある？　心の栄養を断つなんて、肌荒れになっても知らないんだから」

「ああもう！　分かりました！　行きます！　私が間違っていました！　全力で騎士カフェの魅力をお伝えしますから覚悟しておいてください！」

エナちゃんは「わぁ、楽しみー」と健やかに喜んでいます。さっきまでの言葉の切れ味が嘘のようです。

結局のところ、私にネロくん関連を我慢することなんてできるはずもありません。

今日も今日とて、推し騎士様中心の生活になりそうです。


放課後。

私たちは大通りから一本外れたオシャレな路地にある騎士カフェ二号店にやってきました。

大々的な案内板はなく、星灯《エストルス》騎士団の旗が控えめに揺れているのみ。外装だけでは騎士様が働くカフェだと分かりません。

休日になると行列ができてしまうほど盛況なのですが、平日の今日はさほど待つこともなく入店できました。

一号店で人気の騎士様がシフトに入られているという噂なので、お客さんがそちらに流れているのでしょう。

「あなたの訪れを心よりお待ちしておりました、姫君」

背の高い騎士様が扉を支え、略式の礼をして迎え入れてくださいました。

お決まりの挨拶にエナちゃんがどぎまぎしています。

騎士様の着ている制服は、騎士団服と執事服をミックスしたようなデザインで、給仕してもらうことでお姫様になったかのような気分を味わえるんですよね。

カフェの内装は明るく広々としていて、お花がたくさん飾ってあります。

平民街にある二号店は〝お姫様がリラックスできる別荘〟というコンセプトらしいので、貴族街にあるお城のような一号店と比べると、カジュアルな雰囲気かもしれません。

「お。えっと、たしか……メリィちゃん？」

出迎えの騎士様が私の顔を見て目を見開きました。

「はい、ジェイ様。私のことを覚えてくださっているのですか？」

「ネロのことをいつも熱心に応援してくれてるからな。というか、俺のことも知ってるんだ」

「もちろんです。なかなかお見掛けできませんが……いつもは朝からお昼のシフトですよね？」

「ああ、今日は急な欠員が出ちまったからこの時間まで残ってたんだ」

「それは大変ですね」

「全然大丈夫。おかげでメリィちゃんと会えたし、ラッキー」

ジェイ様はネロくんの先輩で、よく一緒に任務や訓練をしていると聞きます。

ネロくんと同じ平民出身の剣士で、気さくで世話好きのお兄さんという雰囲気です。近所で初恋泥棒と呼ばれていそうな方ですね。

親しみやすくて友達のような感覚で喋れると、カフェのお客さんにも人気なのだとか。

たしかにこういう砕けた話し方をしてもらえると、距離が近くて嬉しくなってしまいます。

「こちらの姫君はお友達？」

「初めまして、エナと申します。あの、わたしは騎士カフェに来るのは今日が初めてで、何も分からなくて」

「そんな緊張するような店じゃないよ。あ、期待を裏切ってたらごめんな。俺は騎士っぽく上品に振る舞うのが恥ずかしくて素になっちまうけど、ちゃんとしてる奴もいるから」

「そんな、むしろ安心しました」

「そりゃ良かった！　エナちゃんもゆっくりして行ってくれよな」

私たちを一番端の窓際の席へエスコートしたあと、メニューを渡しながらジェイ様は声を潜めました。

「今日もネロは厨房に入ってるんだけど、少し前に休憩に出ちまったんだ。戻ってきたらメリィちゃんが来てるって伝えておくよ」

「え、え、そんな……いいですよ」

「はは、遠慮しないで。あいつも喜ぶから。……では姫君方、ご注文がお決まりになりましたら、そちらのベルでなんなりと申し付けください」

今日はネロくんの出勤日でしたか。彼のシフトは変則的で予想しづらいんですよね。

ああ、どうしましょう。会える可能性があると分かっただけで、心臓が変な音を立て始めました。

私が冷や汗をかいている中、エナちゃんはうっとりとしたため息を吐きます。

「はぁ、やっぱりかっこいい方ばかりね。今の方、ものすごくスタイルがいいわ」

「それはそうですよ。タイプは違えど美男子しかいません」

「夢のようなお店ね……眼福」

エナちゃんは店内にいる騎士様たちを見て、感心したように何度も頷いています。第一印象から気に入っていただけたようで何よりです。

それにしても。

ジェイ様に認知されていたことに私は密かに驚いていました。

もしかして私、このお店で悪目立ちしているのでしょうか。

身に覚えは……あります。

ホールの騎士様を推しているファンが来店するのはよくあることですが、厨房の騎士様のために週に何度も足を運ぶのは私くらいでしょう。

ネロくんが淹れたかもしれないお茶、作ったかもしれないパンケーキ、洗ったかもしれないお皿……何より同じ屋根の下にいられるかもしれない喜び。至福の時間。

もちろん、カフェ通いの利点はそれだけではないですけど。

注文を決めてベルを鳴らすと、見知った騎士様がオーダーを聞きに来てくださいました。

「メリィちゃん、来てたんだね！　いらっしゃい！」

「リリンちゃん、こんにちは！」

エナちゃんが今日一番驚いた顔をしています。

華奢な体躯《たいく》に、透き通るような白い肌。

大きな瞳に長いまつ毛。

プラチナブロンドの髪をお団子にして可愛くまとめ、メイド服をパンツルックにしたようなひらひらした制服をこれ以上ないほど完璧に着こなしています。

本人曰く、ファンのリクエストに応えていたら一人だけこういう制服になったとのこと。

「エナちゃん、こちらはリリン・セロニカ様。リリンちゃんです！　二号店の看板騎士様ですよ」

「えへへ。様付けって柄じゃないから、お友達みたいに呼んで」

見た目は完全に美少女ですが、彼もれっきとした星灯《エストルス》の騎士様です。

生まれつき怪力らしく、いざ戦いになれば片手で豪快に大斧を振り回しているとか。

そのギャップにメロメロになってしまうファンが後を絶ちません。

「メリィちゃんがお友達を連れてきてくれたのは初めてだよね。よろしく、エナちゃん！」

「よろしくお願いします。その、メリィと親しいんですか？」

「よく来てくれるからね。まあ、メリィちゃんのお目当てはボクじゃなくて、ボクの持つネロ情報だけど」

「そんなことないですよ‼」

「あはは！　いいって、今更そんなフォロー。ボク、ネロとは同期の第七期入団だから仲良しなんだ♪」

ほとんどネロくんと会えないのにカフェに通い続ける私を哀れに思ったのか、リリンちゃんはよく声をかけてくれます。

もっとも、リリンちゃんは誰にでも優しいので、常連の姫君の顔と名前と推し騎士様を覚えて楽しくお喋りしてくれますけど。

そう、リリンちゃんからネロくんのお話を聞けるのもカフェ通いの楽しみの一つ。

同期は一緒に過酷な試験や研修を受けるため、絆が芽生えやすいのだとか。

平民同士ということもあり、ネロくんとリリンちゃんはとても仲良しなんです！

「メリィちゃんが来てくれてるんだから、ネロも恥ずかしがらずホールに出ればいいのにね。この前の功績授与で知名度も上がったんだし、応援してくれる人を増やすチャンスなのにな。あ、それはそれでメリィちゃんは複雑な心境？」

「いえいえ、そ、そんなことは……」

ネロくんの安全と活躍のためにも、ファンが増えて譲渡される魔力が多くなるのは良いことです。私一人で支えるにしても限界がありますから。

そんな気持ちとは裏腹に、私の表情筋は死んでいました。

握手会で私以外を姫君と呼び、微笑みかけるネロくんの姿を見て、嫉妬せずにいられる自信がありません。

人気は出てほしいし、ネロくんの魅力をみんなに分かってほしい。

だけどやっぱり私だけが彼を分かっていたい。

私には心が二つあるのです。

「なぁんてね。大丈夫！　ネロは厨房の主戦力だから、よっぽどの人手不足にならない限りホール担当になることはないよ。本人も消極的だし」

「それは残念ですね！」

私が満面の笑顔で答えると、エナちゃんが可哀想なものを見るような目をしました。

言いたいことがあるのなら言っていただいて構いませんよ。正論で殺してください。

「じゃあ、ご注文をお伺いいたしますね。お姫様方」

「私は、星雲のパンケーキとスミレのお茶のセットをお願いします」

「わ、わたしは……これを」

エナちゃんが恥ずかしそうにメニューを指さしました。読み上げることができないようです。

「はぁい、〝アステル団長の情熱ティータイムセット〟ですね。ふふ、エナちゃんは団長推しなんだ。かっこいいもんね！　では、準備してまいりますので少々お待ちくださいませ」

エナちゃんが注文したのは、アステル殿下がプロデュースしたメニューのひとつ。アステル殿下好みのスイーツと、彼のイメージに合う概念ティーのセットです。

ちなみに軽食にもアステル殿下プロデュースのメニューがありますが、今回は我慢するそうです。このカフェのことを気に入ってもらえたようなので、これからはきっとエナちゃんも一緒に通ってくれるでしょう。

残念ながらネロくんのプロデュースメニューはありません。

推し色のお茶を飲むことしかできない身からすれば、エナちゃんがとても羨ましい……。

それから私たちは「街中で推し騎士様に遭遇した時のファンとしての正しい行動」という重めの議論をしながら注文した品が届くのを待ちました。

☆☆☆

ようやく入れた休憩中。俺は手に持った紙をぼんやりと眺めていた。

今朝の訓練の時に上層部から渡されたけれど、内容が全然頭に入ってこない。

今日はホール担当の先輩が訓練中に捻挫をして、こちらの仕事を休んでしまったから大変だった。

ジェイ先輩が残ってくれたからなんとかなったけど、こういう時に備えて俺も少しはホールの仕事を覚えておけば良かった。

厨房には騎士ではないプロの料理人も入っているので、俺が抜けても多分なんとでもなる。

そもそも俺みたいに接客が苦手な騎士は厨房に回っているが、本当だったら全員ホールに出たほうがいいんだろうな。

平民出身や下級貴族の嫡男《ちゃくなん》以外の騎士にとって、手当てがもらえるカフェの仕事は大変有難い。金が稼げるうえに、ホールで働けばお客さんに顔を覚えてもらえる。

トップ騎士推しの姫君も、カフェでの交流がきっかけで下位騎士の握手会に来てくれるようになることがあるらしい。

握手会で一定量の魔力を集められないと使い魔討伐の任務に選ばれず、高額な危険手当も騎士としての名誉も手に入らない。

その死活問題を解決するためにも、カフェで働いて地道に知名度を上げ、握手会への動線にするのは重要だった。

ジェイ先輩や同期のリリンは、この店のおかげで着実に握手会の列を伸ばしている。

一方俺は、二人のようにうまく姫君をもてなす自信がなかったので、厨房で働かせてもらうことにした。

元々肉の解体は得意だったし、黙々と調理をしたり、皿を洗うのは俺の性分にも合っていた。

しかし、本当にこのままでいいのだろうかと最近悩んでいる。

前回の功績授与式で引き立てられたこともあって、ホールに出てみてはどうかと先輩方にも言われた。

反射的に断ってしまったけど……もしも俺が常にホールにいたら、メリィちゃんは喜んでくれるのだろうか？

いや、悩んでいるうちは出ないほうがいい。

他の騎士たちに迷惑をかけたくないし、メリィちゃんにだけ態度が違うと他のお客さんにバレてしまいそうだ。

「おー戻ってたのか、ネロ。俺そろそろ上がるわ」

「ジェイ先輩、お疲れ様です。今日はありがとうございました」

休憩室にジェイ先輩が顔を出した。

朝から働き詰めだが、まったく疲れている様子がない。さすがの体力だ。

ジェイ先輩はにやりと笑った。

「来てるぜ、あの子。メリィちゃん。初めて話したけど、近くで見るとやっぱりめちゃくちゃ可愛いな」

「！」

メリィちゃんとは討伐記念感謝祭の握手会以来会えていない。

たった数日前のことだけど、あのピカピカの笑顔を思い出すたびにドキドキする。

彼女が俺のことを「大好き」だと言ってくれたから。

もちろん分かっている。

あの「大好き」は純粋な好意を伝えてくれただけで、俺からの返事を求める類いの言葉じゃない。

それでも嬉しかった。

「やっぱり自分の姫君たちが一番可愛いんだけどさ、俺の周りにはいないタイプの子だから新鮮だった。いろいろすごいわ。お前の名前を出した途端、顔つきが変わったし」

「……そうですか」

いいなぁ、俺も会いたい。

いや、ダメだ。やっぱり恥ずかしい。

何を話せばいいか迷って、感じの悪い態度を取ってしまうかもしれない。

俺が行き場のない感情を持て余していると、ジェイ先輩が呆れたように笑った。

「せめてお前が調理すれば？　さっきリリンが注文取りに行ったところだ」

「そうします」

お疲れ様でしたとジェイ先輩に挨拶をして、持っていた紙をエプロンのポケットにしまい、俺は急いで厨房に戻った。

俺にとってメリィちゃんは特別な女の子だ。

自分のことを応援してくれる唯一のファンで、騎士活動における生命線にして心の支え。

この半年の間、どんどん譲渡される魔力量が増えていき、メリィちゃんが本気で俺のことを想ってくれているとよく分かった。

メリィちゃんの個人情報はほとんど何も知らないけど、半年間接してきたから人柄は分かる。

優しくて思慮深い。それに加えてあの笑顔だ。意識しないなんて不可能だった。

いつの間にか、何かあるたびに彼女のことを思い出すようになっている。

こんなふうに誰かに会いたいと強く願うこと自体が初めてのことで、どうしたらいいのか分からない。

「あ、ネロ。おかえり」

手を洗っていると、ちょうどリリンが注文伝票を届けに来た。

「これメリィちゃんの席のオーダーだからよろしく」

「ありがとう。……え!?」

俺は目を疑った。

メリィちゃんが……アステル団長のティータイムセットを注文している！

これが噂の推し変というやつだろうか？　団長が相手なんて絶対に勝てない……。

俺はその場に崩れ落ちそうになった。

「ああ、団長のメニューはお友達の分だよー」

「友達？」

「そう。同じ学校の制服を着てたけど、雰囲気的に外国の子かも。留学生なのかな？　背の高い美人さんだったよ」

友達、いたんだ……。

そんな失礼なことを考えながら、俺は安堵の息を漏らした。

伝票をよく見たらちゃんと二人分の注文が書いてあり、今日もメリィちゃんはスミレのお茶を頼んでいた。

「ほら、ニコニコしてないでさっさと作って」

「あ、うん」

俺は頭の中でレシピを確認しながら調理に取りかかった。

二人分のスイーツとお茶を同時に完成させるのは結構大変だ。

特に星雲のパンケーキは綺麗に焼くのが難しいんだけど、メリィちゃんがこのメニューを気に入ってていてよく注文するから、たくさん練習した。

メリィちゃんは知る由もないだろうが、俺とリリンが揃ってシフトに入っている日は大抵俺が彼女の注文を調理している。

せっかく通ってくれているから、とせめてもの感謝の気持ちだ。

できれば直接この目で甘いものを食べるメリィちゃんの姿を見てみたいけど……。

「ねぇ、できたら一緒に持っていってみない？　メリィちゃんを驚かせたーい！」

「え、でも」

「力持ちのボクでもさすがに一人じゃ二人分は一気に運べないもん。いいじゃん、口実がある時くらい。他の騎士よりネロのほうが絶対喜んでもらえるし、メリィちゃんのお友達も気になるでしょ？」

「………………」

それはたしかに、どんな子なのか気になる。

友達といる時のメリィちゃんの様子も見てみたい。

「心配じゃない？　お友達の影響でトップ騎士に詳しくなって、推し変する可能性も無きにしも――」

「分かった。行くから十分後に取りに来てくれ」

「やったー。メリィちゃんのリアクションが楽しみー♪」

メリィちゃんの心を引き留めるためにも、俺は今日も丁寧にパンケーキを焼いた。

♡♡♡

「こんなチャンス逃せないわよ。もちろん時と場合によるけれど、わたしだったら声をかけると思うわ」

「ええ？　いいんでしょうか？　プライベートの時間を邪魔するなんて無粋では。鬱陶《うっとう》しいと思われるのは嫌です」

「いつも応援していますと声をかけるだけなら、喜んでくださるかもしれないじゃない。じゃあメリィはネロくんと遭遇しても、見なかったことにしてその場を去るのね？」

「私の場合ですと、下手したらストーキングされていると怯えさせてしまいそうなので。誤解させないために、仕方なく……」

「相手にばっちり認知されてるってことじゃない。それはそれで羨ましい！」

「お待たせいたしました、お姫様方！」

議論が思いのほか白熱し、気づけばだいぶ時間が経っていたようです。

リリンちゃんの声に振り向くと、油断していた私は透明な悲鳴を上げました。

「いらっしゃいませ、メリィちゃん」

ネロくん！！！！

ネロくんが私の注文を運んできてくれたではありませんか！

今日も最高にかっこいいです！

騎士要素ゼロの厨房用エプロン姿も素敵！

私と目が合うと、ネロくんは少しはにかんでくださいました。目に良すぎて涙が出そう……。

彼の態度はいつも通り。

どうやら先日の握手会での私の発言は特に気にしてはいないようです。

良かったような、少しだけ残念のような、複雑な気持ち……。

しかし、そんなモヤモヤもすぐに消えました。

懸念していた恥ずかしさよりも、カフェでネロくんに配膳してもらえる喜びが大きく上回り、熱で顔が溶けてしまいそう。

どうして今日に限って、とリリンちゃんを見ると、ウインクをしてくれました。きっとネロくんに声をかけてホールに連れ出してくれたのでしょう。

感謝を込めて拝むようなポーズを取ると、リリンちゃんに笑われました。

「星雲のパンケーキとスミレのお茶です。どうぞ」

目の前に置かれたパンケーキと同じように、自分もぷるぷると震えているのが分かります。

スミレのお茶がネロくんの手で注がれる間、時よ止まれと本気で願ってみましたが効果はありません。

スミレの良い香りが広がり、私の穢《けが》れを浄化してくれるようです。

「あ、ありがとうございます。ネロくん」

「こちらこそ、いつも来てくれてありがとう」

もう言葉もありません。

エナちゃんは「良かったわね」と私に微笑んだ後、リリンちゃんがてきぱきとアステル団長の情熱ティータイムセットを用意する様子を感激しながら眺めていました。

「素敵……」

金の縁取りのお皿に、フルーツタルトと小さなパフェ、宝石のようにきらめくゼリー。

細かい飾り切りのフルーツは色とりどりで美しく、アステル殿下のはつらつさと高貴な雰囲気を見事に表現しています。

炎柄のティーカップに注がれたのは、赤みの強いアップルティー。

情熱的で爽やかで、これまたアステル殿下にぴったりです。

よく見ると、スイーツのお皿に赤いパウダーでアステル殿下のエンブレム——エストレーヤ王家の紋章が描かれているではありませんか。

とても手が込んでいますが、国民としては少々畏れ多いです。

「ものすごく芸術的な一品ですね」

アステル殿下のメニューは注文したことがなかったので、私も初めて間近で拝見しました。

このクオリティーなら、三倍多く料金をお支払いしたいです。

「こちらのメニューをご注文いただいた姫君には特別なメッセージがありますので、僭越ながらボクが朗読しますね！」

リリンちゃんは咳払いをして、メッセージカードを手に読み上げました。

『俺が考えたメニューを注文してくれてありがとう！　俺は果物が好きだから、たくさん取り入れたんだ。この彩り、見ているだけで元気が出るだろ？　もちろん味も保証する。特にフルーツタルトがオススメだ！　アップルティーは、よく母上や兄上とのお茶会で飲んでいるお気に入りの茶葉なんだ。みんなにも同じものを楽しんでもらいたいから、俺はこれを選んだ。喜んでもらえると嬉しいな。星灯騎士団《エストルス》を応援してくれることへの感謝を込めて、素敵なティータイムを！』

途中から、これがアステル殿下からのメッセージだと気づいたエナちゃんは、そっと目を閉じました。

分かりますよ、脳内で推し騎士様の声に変換しているんですよね。

リリンちゃんが少し殿下に寄せた口調で読んでくださったので、イメージしやすかったでしょう。

「えへへ。アステル団長って、本当に素敵な王子様だよね。お姫様たちにはもちろん、ボクら平民出身の騎士にも友達みたいな口調で話しかけてくれるんだよ」

「うん。ものすごく思いやりに溢《あふ》れた方だ。俺も心から尊敬している」

先ほどの考えを撤回します。

三倍どころか、こんなの値段を付けられません。

与えられすぎて苦しくなってしまうほど、推し成分の過剰摂取です。

王室御用達のアップルティーまでメニューに組み込まれているなんて、これは採算がとれているのでしょうか。

どう考えてもこの金額で提供して利益が出る内容ではありません。

アステル殿下はサービスしすぎでは……？

「…………」

つー、とエナちゃんは静かに涙を流しました。舞台女優みたいな綺麗な泣き方です。

ネロくんだけは少しぎょっとしていましたが、私やリリンちゃんは動じません。

この店ではありふれた光景ですから。

「最高ですね、エナちゃん」

「ええ。今日の日記は長くなりそう」

いつまで経っても手を付けようとしない私たちに対し、リリンちゃんも思わずと言ったふうに苦笑しました。

「さあさあ、早くお召し上がりくださいね。お茶が冷めちゃいますよ」

「う、もったいなくて食べられない……！」

ハンカチで目元を押さえるエナちゃんに、私も激しく同意を示しました。

ふわふわのパンケーキとそれに寄り添うメレンゲクリーム。

何度もこのメニューを口にしていますが、ネロくんが運んでくれたのは初めてです。

これはもしかして、もしかしなくても……。

「それ、全部ネロが作ったんだよ。上手だよね！」

「っ！」

ネロくんの手作りパンケーキ！

ダメです、こんなご褒美を与えてもらえるほど最近の私は頑張っていません！

幸福のあまり眩暈《めまい》がしてきました。

「あの、ちゃんとレシピ通りに作ったから大丈夫だよ。しっかり火も通ってる」

ああ、ネロくんが何やら見当違いな心配をしています。

安心していただくためにも、早く食べて感想を伝えないと！

震える指先を叱咤《しった》してパンケーキを切り分け、意を決して口に運びました。

「わっ」

口に入れた瞬間に溶けてなくなる星雲のごとき食感。

優しいはちみつの甘さが広がって、私の全身をふんわりと包み込み、優しく労わってくれるよう……。

いつも美味しいですが、今日は格別です！

死ぬならこのパンケーキの上がいい。

そう言いかけて、堪えました。

ネロくんが反応に困ってしまいますからね。今日は理性が勝ちました。

「美味しいっ‼　今まで食べたものの中で間違いなく一番です。圧倒的に優勝してます」

「いや、そんなはずはないと思うけど……？　でも、メリィちゃんに喜んでもらえたのなら良かった。俺で良ければいつでも作るから」

トドメの一言です。

私は空を仰ぎ、それからフルーツタルトを堪能しているエナちゃんを見ました。

「今日は本当に来て良かったです‼　エナちゃん、誘ってくれてありがとぅぅぅ」

「でしょ？　わたしも来て良かったわ。この世にこんな幸せがあるなんて……」

私たちが揃って深く頷くと、ネロくんとリリンちゃんも揃って笑みを漏らしました。

「メリィちゃんと、えっと、エナさん？　二人は学校の友達？」

「ええ、そうです。こう見えてメリィとは同じ年ですし、同じような感じで呼んでくださって構いません。初めまして……といっても、いつもメリィから話を聞いていて、初めて会った気がしませんけど」

「そうでした！　どうですか、エナちゃん。この距離で見るネロくんは。とってもかっこいいですよね⁉」

「そ、そうね。メリィが夢中になるのも分かるわ」

「あはは、メリィちゃんって学校でもこんな感じなの？」

リリンちゃんの質問に、エナちゃんはからかうような笑みを浮かべました。

「いいえ。わたし以外の前だとわりとおとなしいというか、淡白ですよ。ていうか、びっくりしたわ。メリィったらネロくんの前だからって、だいぶかわい子ぶりっ子して――」

「わぁっ、やめてください！」

「ほら、声もなんか少し高くなってるじゃない」

くっ、よそ行きの声音で喋っていることをバラされてしまいました。

ネロくんは「そうなんだ」と穏やかに受け取ってくれましたが、恥ずかしくて仕方ありません。

「二人はどうやって仲良くなったの？　やっぱり騎士絡みかな？」

エナちゃんは首を横に振って、リリンちゃんに答えました。

「わたしがアステル様をお慕いし始めたのは最近です。メリィと仲良くなったのは偶然でした」

「そうなの？」

「ええ。私は数カ月前にこの国に留学してきたんですが、なかなか学校生活になじめず、友達もできなくて……。そんな時、学食のシステムが分からなくて困っていたところをメリィに助けてもらったんです」

エナちゃんは背が高くて目鼻立ちがはっきりとした美人。

同い年とは思えないくらい大人っぽくて、みんな声をかけたくても気後れしてしまったのでしょう。

かくいう私も、最初は話しかけるのに緊張しました。

学校で一人きりの寂しさを知っていたからこそ、勇気を振り絞って声をかけてみたんです。

「空いている席やこの国特有のマナーを教えてくれたり、授業での困り事の相談に乗ってくれたり、とても親切にしてくれて」

「へえーメリィちゃん優しいね。そこから友情が芽生えたんだ」

「でもこの子、放課後は推し活で忙しいし、話題の八割は騎士団やネロくんについてだし、わたしも人のことは言えないけど、ものすごくマイペースで……」

エナちゃんは遠い目をしました。

「そ、そんな！　ごめんなさい！」

「いいのよ。そういう一つ物事に夢中になって突き進める人間のほうが魅力的だし、信頼できるわ。メリィの話が面白かったからわたしも騎士団に興味を持つようになって、アステル様という生きがいに出会えたわけで……。今となってはものすごく感謝しているんだから」

「エナちゃん！　私のほうこそ感謝しかありません……！」

最近は以前にも増して推し活が楽しい。

それは絶対にエナちゃんのおかげです。

「素敵な友情だね！　それに外国の女の子にも騎士団を知ってもらえて嬉しいな」

リリンちゃんの言葉に、ネロくんも微笑ましげに頷いてくださっています。

「この王国は本当に刺激的。出会う人みんな個性的で、騎士様も応援する国民もキラキラ輝いていて。魔女に呪われているとは思えないくらい明るくて楽しい、大陸で一番奇妙で愉快な国だという噂は真実だったわ。最高！」

「あ、あはは……たしかにこの王国は変わってるかも」

「何も否定できない」

私を含め、エストレーヤの国民は苦笑いを返しました。何はともあれ、エナちゃんに楽しい留学生活を送ってもらえているなら何よりです。

忙しさのピークを過ぎていたこともあって、しばらくネロくんとリリンちゃんと和やかにお話しできていましたが、徐々に店内の姫君たちの視線が集まってきました。

「ねえ、彼ってこの前の……」

「もしかして功績授与で名前を呼ばれていた新人騎士様？」

「なんだか可愛い感じの方ね。リリンちゃんと仲がいいのかなぁ？」

ネロくんが誰か気づいたようです。

好奇心に満ちた視線に晒され、ネロくんは照れてしまって居心地が悪そうでした。

ここで姫君たちに声をかけたり笑顔を向けたりできないところがまた可愛い。

すごい成果を出したんですから、もっと胸を張ってもいいのに。

ネロくんの手作りパンケーキをいただくという最高に幸せな体験を経た結果、珍しく私の心には余裕が生まれていました。

綺麗なお姉さんたちがネロくんを見てヒソヒソしていても、嫉妬心が働きません。

「じゃあ、俺はそろそろ厨房に戻るよ。あの、二人ともゆっくりしていってね」

「えー、もう戻っちゃうの？」

リリンちゃんがネロくんを引き留めかけたその時、新しいお客様の来店を告げるベルが鳴りました。

手の空いていた騎士様が出迎えに行きかけ、足を止めます。

「業務中に失礼いたします。ネロとリリンはいますか？」

店内が大きくざわめきました。

大柄な青年――しかも星灯騎士団《エストルス》の団服に身を包んだ方が入ってきたからです。

私も存じ上げない方でした。

ネロくんとリリンちゃんになんの用でしょう？

「うそぉ、クヌート？　どうしてここに？」

あ、そのお名前には聞き覚えがあります。

たしか、ネロくんとリリンちゃんの同期の騎士様だったはず……。

慌ててリリンちゃんが迎えに出ると、クヌート様はあからさまに顔をしかめました。

「リリン、貴様はなんて格好をしているんだ」

「えー？　可愛いし似合ってるでしょ？」

「そういう問題ではない。風紀を乱すな」

盛大にため息を吐くクヌート様。

何やら雲行きが怪しくなってきました。

姫君たちの心配そうな視線に気づいたのか、リリンちゃんが店の奥にクヌート様を連れて行こうとしますが、彼はそれを振り払って私たちの隣の席に座りました。

「先輩方にこのカフェを体験して来いと言われている。コーヒーを一ついただこうか」

ネロくんとリリンちゃんは困惑気味に顔を見合わせましたが、クヌート様の言葉に従うようです。

私たちに断ってからネロくんが厨房に戻り、リリンちゃんはクヌート様にカフェのメニューを見せていろいろと説明し始めました。

「なんだか、今までにないタイプの騎士様ね」

「はい……」

ネロくんがコーヒーを淹れて戻ってくると、クヌート様は二人も座るように促します。

先輩騎士様たちから許可をもらって、ネロくんとリリンちゃんはクヌート様と同じテーブルに着きました。

同期三人が顔を合わせて何を話すのか。

滅多に見られない光景に店内の視線が熱くなりましたが、露骨に見ては失礼だと姫君たちは素知らぬふうを装います。

皆さん見事な擬態です。

もちろん私とエナちゃんもお茶を楽しむふりをして聞き耳を立てました。

「もう。相変わらず強引なんだから。仕事中なんだけどー？」

「今はそこまで混雑しているようには見えない。少しくらい良いだろう」

「クヌート、王都に戻ってきていたんだね。もしかして異動？」

「ああ。急な話だが、明日から正式に王都に配属される。その前に貴様たちにも挨拶をしておいてやろうと思ってな。宿舎に行ったら、ここで働いていると聞いた。せっかくだから騎士カフェを体験して来いと言われ、足を運んでやったのだ」

感謝しろ、とクヌート様は尊大な態度で言いました。

多分、というか間違いなくクヌート様は貴族出身の騎士様でしょう。

凛々しく高貴なお顔立ちをしていますし、しぐさの一つ一つが優雅です。

一人だけコーヒーを飲んでいる状況を気にしないことといい、同期といっても身分差で上下関係があるのでしょうか。

「悪くないな。良い豆を使っている」

「そりゃそうだよ。大切な姫君たちに良質で美味しいものをって思うのは当然でしょ。団長が妥協もするわけないじゃん」

「団長……アステル様はやりすぎだ。国民に対してここまで心を砕かなくとも」

アステル殿下の名前が出たことで、エナちゃんの目つきが狂犬のごとく鋭くなりました。

推し騎士様を批判されて黙っていられるほど、今のエナちゃんはお淑やかではありません。

「あの御方のカリスマ性があれば、何もせずとも国民は皆ついてくる。ただでさえ王子としての公務と、団長としての職務で多忙を極めているのだ。国民へ感謝する時間をご自身の休息にあてていただきたい。誰も文句は言わないだろう」

神妙な表情でアステル殿下を案ずるクヌート様を見て、エナちゃんは感情の行き場を失くしたようです。

高圧的にみえたけどもしかして良い子なのでは、と店内がにわかに活気づきます。

「お姫様たちの喜びが団長の力になるんだよ。クヌートは過剰なファンサービスだって言うけど、実はボクたちのほうがすっごく元気をもらえて、頑張ろうって気持ちにしてもらっているんだよね。そうだ、クヌートもここで一緒に働いてみない？　楽しいよ？」

「私が？　馬鹿を言うな。ゼーマン家の男がこのような店で下働きなどできるものか」

この発言に、また店内の姫君たちがむっとします。

「貴族には貴族の、平民には平民の働き方がある。私がこの店で働くことでその領分を侵すわけにはいかない。先輩方もやりづらくなるだろう」

「あは、そうだね。クヌートが働くなら一号店のほうがいいかも」

「そちらには親族の女性たちが通っている。私が視界に入ったら邪魔だろうから、どのみちカフェで働くことはできないな」

不思議です。ものすごく気遣いができる方に見えてきました。

最初に誤解を与えるような物言いばかりするので、先ほどから姫君たちが手のひらをくるくる返しています。

「あの、クヌート。北部での暮らしはどうだった？　寒くなかった？」

今まで黙っていたネロくんが、躊躇いがちに問いました。

どうやらクヌート様は今まで北部地方に配属されていたようです。

なるほど、私が彼のことをよく知らないのも仕方がないことですね。

エストレーヤ王国の領土は楕円《だえん》型なので、使い魔の出現にいち早く対応できるよう国の中央に位置する王都の他に、北部と南部にも星灯騎士団《エストルス》の支部があるのです。

「別になんともない。北部解放戦の爪痕も、もはや残っていなかった。まぁ辺鄙《へんぴ》なところが多く、魔物討伐の任務に出向くのは厄介だったが、それも良い経験となった。私を研修期間と同じ男だと思わないほうがいいぞ。随分と強くなったからな」

「それは楽しみだねー。ま、ボクたちも半年前とは違うよ。ねっ、ネロ？」

リリンちゃんがくすりと笑うと、クヌート様は少し不快そうに鼻を鳴らしました。ネロくんは曖昧に笑っています。

「ネロは使い魔討伐に参加して第四戦功を授与されたらしいな。しかしいい気になるなよ。ただでさえ魔力が少ないんだ。調子に乗ると足元をすくわれるかもしれない」

「う、うん。気をつけるよ」

「まぁ、これからは私がいる。多少のミスはカバーしてやるから、使い魔を撃墜させたという弓の腕を存分に振るうといい。お前なら背中を射られる心配もない。だから絶対に私より前に出るなよ」

やっぱり悪い方ではないような気がしてきました。ネロくんのことを心配していますし、実力を買ってくださっています。

ネロくんもクヌート様に上から目線で物を言われてもまったく嫌がっていません。むしろ王都への配属を心から喜んでいるように見えます。

「ネロの身に何かあれば、母君が悲しまれるからな。あれから息災にされているのか？」

「最近はずっと落ち着いている。……ありがとう。クヌートにはどれだけ感謝してもし足りない。本当なら北部に配属されるのは俺のはずだったのに、上層部にかけあって代わってくれるなんて」

「もういい。礼なら何度も聞いた。夫君を亡くされ、心身ともに弱っている母君を王都に一人で残してはおけないだろう」

つまり、ネロくんがずっと王都にいられたのはクヌート様のおかげということですか⁉

今度こそカフェ中の姫君の情緒がぐちゃぐちゃにされました。

私もです。

「何度だってお礼を言わせてほしい。クヌートが帰ってきてくれて本当に良かった」

「ふん！　律儀な奴だ」

ネロくんとクヌート様の間にある信頼関係、そしてそれを優しげに見守るリリンちゃん。なんて尊い三人……。

「えへへ、やっぱり同期っていいよね。顔を見ると安心する」

「改めておかえり、クヌート。これからよろしく」

リリンちゃんとネロくんの言葉に、クヌート様は不敵に笑いました。

「ああ、ただいま」

もうすっかり店内の空気は温かいものに変わっていました。

できることなら立ち上がって拍手をしたいのに、みんな必死に我慢しています。

この同期は仲良し、三人揃って推せる、良いものを見せてくれてありがとう……。

そんな気持ちをここにいる全員が共有していました。

第七期入団組推し爆誕の瞬間です。

「美味《うま》かった。そろそろ失礼する。そうだネロ、先ほど本部で小耳に挟んだのだが……」

「ん？」

クヌート様はコインを机に置くと声を潜めました。それでも隣の席の私たちには聞こえてしまいましたが。

「今度のトップ騎士会議に呼び出されているらしいな。アステル様たちに失礼のないよう気をつけろよ」

私とエナちゃんは揃ってむせそうになりました。

どうしてネロくんが!?

もしかして先日の使い魔討伐で活躍したからですか？

ネロくんは浮かない顔で頷き、エプロンのポケットから一枚の紙を取り出しました。あれが招集状でしょうか。

「頑張るけど、気が重い。トップ騎士たちのことは、顔と名前とエンブレムカラーと好きなスイーツしか知らないから……」

「怖そうな人もいるもんね。ま、アステル団長がいるなら大丈夫じゃない？」

リリンちゃんの励ましに、ネロくんはおずおずと頷きました。

これは……。

私がネロくんの役に立てる時が来たかもしれません！

第三章　トップ騎士会議

☆☆☆

トップ騎士。

それは星灯騎士団《エストルス》の頂点に君臨する騎士たちのことだ。

人気・実力ともに他の追随を許さず、使い魔との戦いは彼ら無しでは成り立たないと言われている。

騎士団の、いや、エストレーヤ王国の顔と言っても過言ではない英雄たちだ。

現在トップ騎士と呼ばれているのはアステル団長以下六名だけ。

北部と南部にも配属されている彼らが今日この日、トップ騎士会議に出席するために王都の騎士団本部に集まることになっていた。

そんな重要な会議にどうして俺が呼び出されたんだろう。

褒められるのか、叱られるのか、それすらも分からない。だからものすごく不安だ。

先日のカラスの使い魔討伐の時、たしかに俺は戦功を挙げた。

しかしよくよく自分の行動を振り返ってみると、独断専行をしていたかもしれない。

下位騎士、しかも入団半年の新人が初めての使い魔戦にもかかわらず、上官の許可も取らないまま最前線に飛び出した。

もしも撃墜に失敗していたら自分だけではなく、戦いの均衡を崩して他の騎士を危険に晒していた可能性がある。

しかも使い魔撃墜後は魔力が切れてしまったから、残った矢で牽制《けんせい》くらいしかできなかった。

魔力配分を考えていない愚かな戦い方だ。

勝利の後、アステル団長は俺のことをものすごく褒めてくれたけど、他の騎士からクレームが入ったのかもしれない。

だとしたら、心して叱責を受け入れないと。

「……はぁ」

ネガティブな想像をしながら、持ってくるように言われた招集状と自分の訓練記録を握り締め、俺は会議室でトップ騎士たちの到着を待っていた。

トップ騎士のほとんどは王侯貴族。

とにかく失礼のないように気をつけなくては。

同期のよしみで「タメ口を許す、有難く思え」と言ってくれたクヌートとは違う。

トップ騎士は雲の上の存在で、直接話したことのない方ばかりだ。

昔から王都で暮らしていれば自然と彼らのことを知ることができたのだろうが、俺は田舎の村育ち。

実家は新聞も取っていなかったから、朧気《おぼろげ》な知識しか持っていない。

王都に来てからも慣れない宿舎暮らしや訓練に必死で、偉大な先輩たちについて学ぶ機会を得られなかった。それはただの言い訳だけど。

でも大丈夫、俺にはメリィちゃんがくれた情報がある。

昨日メリィちゃんが騎士カフェにやってきて、一冊のノートをリリン経由で渡してくれた。

俺がトップ騎士会議に呼び出されたこと、彼らについてほとんど何も知らなくて不安に思っていることを察知して、わざわざ作ってくれたらしい。

昨夜、さっそく勉強しようと意気込んで開いた一ページ目には、大きな文字でこう書かれていた。

《この情報は、公式の資料とさまざまな姫君への取材内容をまとめたものです。断じて私の主観ではありません。私の推し騎士様はネロくんだけです！》

自分がトップ騎士に詳しいと俺が不安がると思ってくれたのかな。

その注釈を嬉しく思いながら、ページをめくる。

ノートにはトップ騎士のプロフィールや来歴、今までの功績や性格、人間関係、姫君からの評価など、学の乏しい俺でも読めるような易しい文章で記されていた。

徹夜して作ったのではないかと心配になるような情報量だ。

女の子らしい丸い文字と可愛いイラストを見て少し癒やされてから、俺はそっとノートを閉じた。

「…………」

ファンから個人的な贈り物を受け取った場合は、騎士団への報告と鑑定が必要になる。

このノートに関してはファンレターと同じ扱いで、不自然な魔力を帯びていないか簡単にチェックされただけで、中身を検《あらた》められはしなかった。

……本当に幸運だったと思う。

もしこのノートをトップ騎士たちが目にしたら、大きな波紋を呼んでいただろう。多方面に差しさわりがある。

だから俺は読み終わった後、宿舎の自室の机に鍵をかけて保管することにした。

俺に何かあった時のために、リリンに合い鍵を渡して処分を頼んでおくことも忘れない。

メリィちゃんは悪くない。

ただ、これはメリィちゃんや他の姫君たちの名誉を守るためにも必要なことなんだ。

ともかく、会議にノートを持ち込むことはできなかったが、内容自体はきちんと頭に入れてきた。

強烈なインパクトとともに知ってはいけなかった情報を知ってしまったせいか、なんだか緊張がどこかに行ってしまった。

「あれ、もう誰かいるよ」

「本当だ。もしかして、この前第四戦功を授与された射手の子じゃないか？」

ほどなくして、会議室にトップ騎士が二名入ってきた。

壁際で敬礼をして、俺は招集状を手に名乗った。

「お疲れ様です。第七期入団のネロ・スピリオと申します。本日は会議の一部に参加せよとのことで参りました。よろしくお願いいたします」

「ふぅん、そうなんだ。そんなに硬くならなくていいよ。まだ時間前だし、のんびりしていて」

銀髪の少年——彼はミューマ・レナスさん。

俺と同じ年だけど、小柄で童顔ということもあって実年齢よりも幼く見える。

しかし、同じく童顔のリリンと違って表情は乏しく、冷静で淡白。少し浮世離れした空気を纏《まと》っている。

エンブレムカラーは白。

騎士団創設時から在籍している魔術専門の騎士で、攻撃魔術と呪い《デバフ》を得意としている。

前回の使い魔討伐戦では広範囲に結界魔術を張って使い魔を閉じ込めることに注力していたため、攻撃には参加していなかった。

星灯《エストルス》騎士団の要である魔力の譲渡と蓄積を可能とする紋章魔術は彼の祖父が開発したもので、ミューマさんはその研究を引き継ぎ、データ収集をするために入団したらしい。

祖父同様、彼も天才魔術師と名高く、本来なら十人以上で行う複合攻撃魔術をたった一人で構築し、ぶっ放す姿は圧巻だ。

また、新たな魔術を発明しては騎士団の活動に貢献しているという。

《トップ騎士最年少！　全国民の孫！　白銀の天使！　ミステリアスジーニアス！》

ミューマ・レナス

エンブレムカラー
白

トップ騎士最年少！

全国民の孫！

白銀の天使！

ミステリアスジーニアス！

TOP Knights

メリィちゃんのノートには活き活きとした文字でそう記されていた。

多分、姫君たちの間でつけられた二つ名的なものだろう。

ミューマさんは子どもの頃から騎士団で活動をしていたため、ご年配の国民から孫のように可愛がられているらしい。

もちろんその怜悧《れいり》な美貌は、同年代の少女たちからも憧れられているだろうけど……。

「何？　僕の顔をじっと見て。どうかした？」

「あ、いえ。すみません」

やっぱり強くて人気のある騎士は雰囲気から違うなぁ、と俺は気圧《けお》されていた。

断じて頭の中で煽り文がメリィちゃんの声で再生されて、思考停止していたわけではない。

ミステリアスジーニアス……。

「……ねぇ。僕と年齢、近い？」

「あ、はい。十七歳です」

「同じ年だ。じゃあ敬語じゃなくていいよ。僕は別に役職も持ってない末席の貴族だし」

「ですが――」

戸惑っていると、もう一人の騎士が後ろから俺の首に腕を回した。

「俺からも頼むよ。ミューマは大人に囲まれて育ったから、同じ年頃の友達に飢えてるんだ。仲良くしてやってくれ」

「変な言い方しないでよ、リナルド。僕が寂しい子みたい」

「はは、ごめんごめん」

爽やかに謝っている青年――リナルド・ソレールさん。十九歳。

名門ソレール伯爵家の次男で、華麗な槍さばきで活躍する騎士だ。

すらりとした長身に、甘いマスク。

まさに貴族の貴公子という容姿をしていて、ただそこにいるだけで場が華やかになる。

エンブレムカラーはオレンジ。

少し前から南部に配属されていて、先日の使い魔討伐には参戦が間に合わなかった。

俺とはほとんど面識がないはずなのに、どうしてこんなに距離が近いんだろう。

微かに香水の良い匂いがして落ち着かない。


《入団してすぐにトップ騎士の仲間入りを果たした社交界の華！　騎士の鑑！　ファンサの鬼！

泣かされるより泣かせたい！　放っておけない、わんこな貴公子様！》

メリィちゃんのノート、最後のほうの意味がちょっとよく分からなかった。

世間のリナルドさんへの評価はどうなっているんだろう……？

「ネロだっけ。きみ、好きな子いる？」

やんわりとリナルドさんを引き離しながら、俺は動揺を顔に出さないように努めた。

リナルド・ソレール

エンブレムカラー
オレンジ

入団してすぐトップ騎士の
仲間入りを果たした
社交界の華！
騎士の鑑！
ファンサの鬼！

泣かされるより
泣かせたい！

放っておけない
わんこな貴公子様！

TOP Knights

「す、好きな……」

「あー、これはいるな。幼なじみ？　なじみの店員さん？　それとも姫君とか？」

「！」

「はは、姫君に惚れてしまうようじゃ、まだまだだな」

脳裏にメリィちゃんの顔が浮かんで、頬が熱くなった。

違うんだ。メリィちゃんのことはものすごく気になっているけれど、まだ決定的に好きだと自覚したわけじゃなくて……。

焦る俺に構わずリナルドさんは円卓の椅子に腰かけ、白い歯を見せて、ふっと笑った。

「新人時代、俺にもすっごく可愛い姫君がいた。あまりにも熱心に応援してくれるものだから、いけないと思いつつ俺も淡い恋心を抱いてしまったものさ。次の使い魔を倒したらデートに誘って、手応え次第では退団して求婚しちゃおうかな、とか考えていた」

「はぁ……」

「なのに突然、彼女は握手会に来てくれなくなったんだ。俺は本気で心配したさ。病気か怪我でもしたんじゃないかって。でも彼女のことは顔と名前以外よく知らなくて、探しようもなかった。歯がゆかったね。でも一年経って、彼女はまた笑顔で握手会に来てくれた。……旦那と一緒にな」

「え、つら……」

ミューマさんの率直な呟きと、俺の心の声が重なった。

「俺への不毛な恋に苦しんでいる時、慰めてくれたことがきっかけで二人は結ばれたらしい。彼女、ずいぶんと綺麗になっていたな。お腹には子どもがいるって笑ってた。今度は家族三人で握手会に来てくれるそうだ」

リナルドさんは清々《すがすが》しい表情で窓の外の青空を見た。

「永遠に推します、大好きって言ってくれていたから少し寂しかったけど、二人の仲睦まじい姿を見て俺は心から祝福した。こういう尊い光景を守るために俺は命懸けで戦っているんだって実感したよね。本当に良かった。おめでとう、ミリヤ。末永くお幸せに……」

「涙拭きなよ」

勢いよく机に突っ伏したリナルドさんは、嗚咽《おえつ》を漏らしながら言った。

「ああああ！　星灯《エストルス》の騎士になったら女の子にたくさんちやほやしてもらえると思ったのに！　たしかにモテるよ⁉　握手会はすごく楽しい！　でも思っていたのと違う‼　ストレスのほうが大きい！　ちくしょう！　所詮《しょせん》自由に恋愛できる男には敵わないんだ！」

突然の豹変に驚く俺に対し、ミューマさんは「いつものことだから」と肩をすくめた。

「よく聞けネロ！　本気で好きな子がいるなら恋愛禁止の騎士なんて長く続けちゃいけないよ！姫君が自分から離れていくだけでもキツいんだ。本命相手だったら生きていけない……！」

一体なぜこんな悲しい話を聞かせたんだろうと思っていたけど、単純に俺のことを心配してくれたらしい。

最初の印象からがらりと変わって、俺はリナルドさんのことが不憫《ふびん》でならなかった。

微力ながら励まさないと。

俺はよく分からない使命感に突き動かされた。

「そ、それでもリナルドさんは騎士を続けているんですね。立派です」

「だって国は守らないと！　こんなにたくさんの女の子に応援されてるのに、結婚したいから辞めますなんて言えない！　泣かせたくない！　みんな可愛いし！　たった一人を選べない！　運命の相手が現れてくれたらすぐにでも寿退団しちゃうけどね!?」

荒ぶるリナルドさんの肩を、ミューマさんがポンポンと叩いた。

「この怒りは魔女と使い魔にぶつけるといいよ」

「ああ、そうだ！　魔女め、使い魔に変な縛りつけやがって！　暴れたいのはこっちだっつーの！　今度は南部の近くに出ろや！」

恋人や妻がいる者が戦場にいると、使い魔は暴れ狂って手が付けられなくなる。

たしかにおかしな習性だ。

魔女の思想の影響だという噂だけど、とんでもなく理不尽に思えてきた。

恋愛禁止の苛立ちを発散するためにも、今度はリナルドさんが使い魔討伐に参戦できることを俺は密《ひそ》かに祈った。

「おう、どうした。ずいぶんとどんよりした空気が漂ってんな」

「あ、バルタ。気にしなくていいよ。またリナルドが感極まって泣いちゃっただけ」

また新しいトップ騎士が会議室に入ってきた。

バルタ・ダルトさん。

カラスの使い魔討伐で第二戦功を授与されていた盾持ち——防御専門の重装騎士だ。

鋼のように鍛え抜かれた肉体、低くて渋い声、獅子を思わせる眼光と色気のある風貌。

女性だけではなく、男性からも支持されるトップ騎士唯一の平民出身の騎士だ。

鎧を脱いでいれば、実年齢が二十四歳というのも信じられる。

エンブレムカラーは黄色。

使い魔の猛攻を恐れず最前線で仲間を守るその姿は、俺の目にも強く焼き付いている。

とてもかっこよかったけど、正直に言うと……少し怖い。


《近づいたら火傷《やけど》は必至！　危ないところが魅力的！　誰にも仕えぬ孤高の騎士！　絶対防衛！　絶対暴君！》

メリィちゃんのノートにも、少し不穏な言葉が並んでいた。

情報によると、バルタさんは数年前までならず者の頭領をしていたらしい。

地方の小さな村を乗っ取って、領主に納められるはずの金や作物を横取りしていたそうだ。

とはいえ、村人たちに乱暴を働いていたわけじゃない。

むしろ周囲の森に巣食う魔物を退治したり、壊れた橋の修繕をしたり、領主よりも村に貢献していたくらいだった。

通りがかった商人の通報によって、バルタさんの一味は一カ月もの防衛戦の末に投降したが、村

バルタ・ダルト

エンブレムカラー

黄

近づいたら
火傷は必至！

危ないところが
魅力的！

誰にも仕えぬ
孤高の騎士！

絶対防衛！
絶対暴君！

TOP Knights

人からの強い嘆願もあって特赦《とくしゃ》を受けることになった。

部下だけではなく、被害者である村人たちにすら慕われるカリスマ性。

小さな村ではあったが、一国の王のように振る舞い、民を心酔させて見事に支配していた。

投降したのも部下が病《やまい》に倒れたためで、バルタさんが国の兵士に後《おく》れを取ったわけではなかったらしい。

牢屋につないでおくのはもったいないと目を付けた女王陛下が、部下たちの減刑を条件にバルタさんを星灯騎士団《エストルス》に入団させてしまった。

……とんでもない経歴である。

バルタさんは自ら望んで騎士になったわけではないし、周囲の騎士や国民からの反発もあった。

それでも瞬く間に民衆を虜《とりこ》にし、前科持ちというマイナス要素をものともせず、めきめきと人気と魔力を集めるようになった。

使い魔戦での立ち回りも見事で、彼がいるのといないのとでは負傷者の数がまったく違う。

そもそも盾持ちという役職は、勇敢で仲間想いの者にしか務まらない。

仲間のために命を懸けられるような人だからこそ、バルタさんは絶対的な信頼を勝ち得てトップ騎士にまで登りつめたのだ。

根っからの悪人なわけがない。それは分かっている。だけどやっぱり及び腰になってしまって、俺は恐る恐る挨拶をした。

「この前の坊主か。ご苦労さん」

にかっと向けられた笑顔に拍子抜けすると同時に、少し嬉しくなってしまった。

俺に兄弟はいないが、無性に〝兄貴〟と呼んで慕いたくなる。

それからミューマさんが簡潔に今までの経緯を説明すると、バルタさんは呆れたように笑ってリナルドさんの頭を豪快な手つきでわしゃわしゃわしゃと撫でた。

「泣くな、リナルド。よく分からんが、お前は良い男だ。そのうち極上の女が現れるさ」

「セットした髪が乱れる‼　やめてくれ！」

「今夜、酒でも飲みながら話を聞いてやるよ。貴族の坊ちゃんにはちと刺激が強いかもしれんが、良い店があるんだ。行くだろ？」

「…………行く」

リナルドさんが泣き止んだ。

俺は安堵の息を漏らし、改めてバルタさんに尊敬の眼差しを向けた。

なんて頼りになる大人だろう。

「はぁ、あんたはいつもカッコイイな。バルタは騎士をやっていてつらいと思ったことはないのかい？」

「なんだいきなり」

「ピュアな新人が現実に打ちのめされる前に、騎士の苦労を教えておいてやりたくてさ。俺たちと同じ思いをしないように」

それは俺のためなのかもしれないけど、余計なお世話……いや、後学のために聞いておこう。

バルタさんは少し考えるように唸《うな》って、力なく言った。

「そうだな。つらいというのとは少し違うが、昔ファンの女にもらった差し入れの酒に媚薬が入っていて、強引に迫られたことがある。恋の熱にうかされた女は怖ぇからな、気をつけろよ」

「はーい、解散！　羨ましいので聞きたくありませーん！」

「ねぇ、それ結局どうなったの？　我慢できた？」

「ほらー、ミューマが興味持っちゃったー。教育に悪い！　この歩く十八禁！」

「手ぇ出すわけねぇだろ。一般人が手に入れられるような薬で好き勝手させるかよ。『オレは誰か一人のものになる気はねぇ』って言ってさっさと帰った」

ミューマさんは拍手をし、リナルドさんは悪態をつき、俺はドキドキしながら感心した。大人だ。

「その対応は正しいかもしれないけどさ……ちょっと冷たいんじゃないか？　自分に恋煩う姫君を置き去りにするなんて」

「そんなか弱い女じゃねぇよ。今でもよく握手会に来てるしな。こんな男やめて、もっと真っ当な奴と幸せになってほしいもんだが」

「はあぁぁ？　最後の最後まで羨ましいんだが？」

リナルドさんは完全敗北を悟って、崩れ落ちた。なんて素直で面白い人なんだ。

バルタさんの経験談は、俺には少し刺激が強かった。

メリィちゃんに怪しい薬を盛られるなんて……まったくありえない話ではなさそうで困る。

いや、俺に害のあることはしないと思うけど、逆を言えば俺のためになると判断したら躊躇わない怖さがあるというか……。

変な妄想をしてしまい、必死に頭を振ってイメージを霧散させた。

「おい、さっきからうるせぇぞ。リナルドの奇声が廊下まで響いてる」

このタイミングで、また新しいトップ騎士の登場である。

乱暴に扉を開け、椅子に座る黒髪の青年。

その鋭い雰囲気に、俺は思わず一歩引いた。

「トーラぁ。きみは俺を傷つけたりしないって信じてる！」

「なんなんだよ、鬱陶《うっとう》しい」

トーラ・クロムさん。二十歳。

リナルドさんと同じく名門貴族家の出身だ。

双剣使いで、騎士団では切り込み隊長的な役割を担っている。

先日も地上に堕ちてなお風を操って猛攻を振るう使い魔の注意を引き付け、アステル団長がとどめを刺す隙を作った。二人の連携は実に見事だった。

討伐の代償にトーラさんは重傷を負ってしまったが、もうすっかり完治したようだ。

高度な治癒魔術を施してもらったのだとしても、すごい回復力……。

エンブレムカラーは青。

クールでストイックな印象の彼にぴったりだ。

手入れなど一切していなさそうなのに艶やかな黒髪と、北の海を思わせるダークブルーの瞳が印象的で、とても端正な顔立ちをしている。

「今、騎士特有の苦労話をしてたんだ。トーラは何かない？」

ミューマさんの問いに、トーラさんは「くだらない」とそっぽを向いた。

ノリが悪いとリナルドさんが抗議しても意に介さない。

「つか、なんでお前がここにいるんだよ」

「……自分にも理由は分かりません。ただ、招集状をいただいたので」

俺は忘れていた緊張を思い出す。

実は使い魔討伐の際、トーラさんに強く睨まれた。

気のせいでなければ、俺が彼の視界に入るたびに顔をしかめられている。

何か気に障る言動をしてしまったのか、平民出身の新人騎士のくせに出しゃばりだと思われているのかもしれない。

「アステルの奴、一体何を考えてやがる……。おい、会議の間は許可があるまで喋るんじゃねぇぞ。たった一回戦功を授与されたくらいでトップに引き立てられるほど甘くない」

「新人いじめは良くないぞ、トーラ。ネロが怯えているじゃないか」

「リナルドもさっきまでネロにウザ絡みしてたけどね。迷惑度では変わらないよ」

「俺はいいの！　後輩への愛があるから！　なぁー？　ネロは分かってくれるよなぁー？」

「は、はい」

俺は苦笑いを返す。

リナルドさんは憎めない人だ。

「とにかくトーラは単純に感じが悪い。そんなんだから騎士団内でも遠巻きにされてしまうんだぞ。姫君に対してだって、もう少しにこやかに優しく対応できないのか？　もっと憧れられるような騎士らしくさぁ」

「この俺に騎士を説くとは。偉くなったもんだな、リナルド」

「え？　いや、そういうつもりじゃないけど――」

「本来、騎士は唯一無二の主に仕えるものだ。国民を姫に見立ててご機嫌取りするような存在じゃねぇよ。本当に馬鹿らしい設定だ」

ああ、姫君たちにはとても聞かせられないことを言ってる。

でも、トーラさんの言うことは間違っていない。

むしろそれが本来の騎士のあるべき姿なのだろう。

《その身に宿るは正真正銘騎士の血統！　ライバルは主《あるじ》！　その関係がエモエモのエモ！　自分にもファンにもしょっぱく厳しい、ノンシュガーサラブレッド！》

メリィちゃんのノートによると、トーラさんが生まれたクロム家は騎士の家系で、代々エストレーヤ王家に絶対の忠誠を誓っている。

彼もまた、生まれた時から年の近い王族であるアステル団長に仕えることが決まっており、その

トーラ・クロム

⋈ エンブレムカラー ⋈
青

その身に宿るは
正真正銘騎士の血統！
ライバルは主！
その関係が
エモエモのエモ！
自分にもファンにも
しょっぱく厳しい
ノンシュガーサラブレッド！

Top Knights

ために厳しい剣の修行を積んできたらしい。

しかし困ったことに、アステル団長はトーラさんより剣士として優れていた。

守るべき存在が自分よりも強いというのはトーラさんにとって許せないことで、このままではいけないとさらに過酷な鍛錬を己に課した。

それから何度も何度も勝負を挑み、しかし一度も勝つことができない。

トーラさんの矜持《きょうじ》は砕け、自分に騎士は務まらないと家を出ようとまでしたらしい。

そこにアステル団長が空気を読まず、もとい、彼を心から慮《おもんばか》って声をかけた。

『俺の騎士にはならなくていい。その代わり今度創設する騎士団に入って、一緒に国を守ってくれ』――と。

要するに、トーラさんはアステル団長に騎士として仕えたくなくて、星灯《エストルス》騎士団に籍を置くことにしたのである。

危険な使い魔討伐を通してさらに己を磨き、いつかアステル団長に勝つのが彼の今の目標らしい。

そういう、本来仕えるべき相手をライバル視しているところが姫君たちの心に刺さったようだ。

トーラさんは姫君たちに対してまったく愛想を振りまかない。

にこりともしないし、自分から声もかけないし、「忠誠を誓った相手以外に跪くわけないだろ」と騎士の礼もしないらしい。

涙ながらに想いを伝えてくる姫君に「気持ち悪い」とのたまったこともあるとか。

このようないわゆる塩対応と呼ばれる言動をしていてもトーラさんの人気は衰えない。

それどころか「痺れる」「もっと睨まれたい」「むしろこちらが跪きます」と一定の需要を満たしているようだ。

美男子に蔑《さげす》まれたい層が一定数いるのだと、先輩たちから聞いたことがある。性癖というやつだろうか。

「トーラの言いたいことは分かるけど、騎士って人間として模範となるべき紳士的で高潔な存在じゃないの？　自分を慕ってくる民には親切にしてあげるべきだと思うよ。特に女性と子どもには」

ミューマさんが言うことはド正論だった。その正しさがトーラさんを襲う。

「う、うるせぇな！　俺だって」

「俺だって？」

「…………」

暗い表情で俯《うつむ》くトーラさんの肩をバルタさんが優しく叩いた。

それが後押しになったのか、トーラさんはぼそぼそと語り出した。

「……握手会で見るからに顔色の悪い女が並んでたから、声をかけて介抱してやろうとしたことがある。毎回通ってる女だったし、倒れられたら面倒だからな。でも……れた」

「うん？　なんて？」

「俺が優しいのは〝解釈違い〟って言われたんだよ！　俺にだって人間としての良識くらいある！」

それは痛々しいほど心からの叫びだった。

リナルドさんは爆笑。バルタさんは同情し、ミューマさんは「普段の行いのせい、自業自得だよ」と冷静に言う。

俺は、ファンの子の感性はそれぞれだから気にする必要はないと思った。

でも怖くて口には出せない。

「それ以来、俺はあいつらに優しくする気が失せた。そっちがそういう態度なら、意地でも愛想なんて振りまいてやるもんか、後悔しろってな。なのに、冷たくすればするほど声を揃えて『ありがとうございます』って目を輝かせやがる。『サウナの後の水風呂みたいに気持ちいい』と言った奴までいる。俺を、騎士を、なんだと思ってんだ！　マジでありえねぇ！」

「ファンと変な戦いするんじゃねぇよ。可愛いもんじゃねぇか」

「うるせぇ、いいんだよ。これが俺とあいつらとの適切な距離感なんだ。理想通りだろうが解釈違いだろうが、俺は一律で態度を変えないと決めたんだ」

トーラさんは暗い笑みを浮かべた。

なんだか解釈違いという呪いの言葉に囚《とら》われて、自分を見失っている気がする。

平等という意味では悪くないのかもしれない。

でも、そうして塩対応で鍛えられた鋼メンタルの姫君だけが残っていったら、精神的に追いつめられるのはトーラさんのような気がするけど、大丈夫なのかな。

騎士と姫君の関係にはいろんなかたちがあるんだなぁと俺はしみじみと思った。

いや、他人ごとではないのだけど。

「どこかの無責任王子みたいに、どいつもこいつもその気にさせるよりはマシだろうが」

「――聞き捨てなりませんね。あなたごときにアステル様を愚弄されるのは許せないのですが？」

会議室が静まり返る。

五人目のトップ騎士――副団長がやってきた。

星灯騎士団《エストルス》の副団長。

それは騎士たちにとって、最も恐れるべき存在である。

「時間前に集合している点は大変よろしい。皆さん学習されたようで何よりです。ただし、品のない会話を垂れ流して頭の悪さを露呈《ろてい》するのはどうかと思いますよ。挙げ句の果てに我らが偉大な団長の陰口ですか。嘆かわしいことですねぇ」

ジュリアン・フレーミン様。二十三歳。

現在宰相を務めている公爵閣下の甥《おい》で、騎士団にとってなくてはならない人物だ。

星灯騎士団《エストルス》の創設から運営まで深くかかわり、その頭脳と実務能力で歴史上例を見ない特殊な組織を見事にまとめ上げている。

一つに束ねた若草色の長い髪と、優しい光が宿る同色の瞳。

騎士にしては細身で、まるで聖職者のような神々しい雰囲気を纏っているが、笑った時にちらりと見える犬歯が全ての印象を裏切る。

エンブレムカラーは緑。

治癒と祝福《バフ》が得意な魔術系の騎士で、最前線に出るアステル団長の代わりに騎士団全体の指揮を執ることもしばしば。

使い魔討伐のたびに戦功を授与されるべき活躍をしているのだが、「私よりも命懸けで最前線にいる者に差し上げてください」といつも辞退しているらしい。

一見して、穏和で紳士的、優雅で知的。控えめで謙虚にも見える。

しかしジュリアン様には二面性があって油断できない。

和やかな声音で毒を吐き、心をえぐって周囲を恐怖に陥れる。

特に、アステル団長が一緒にいない時は彼を御せる者がいないので要注意である。

《いつもお世話になっています！　しごでき！　騎士団創設の立役者！　全騎士の保護者！　団長のトップファンの座は渡さない！　聖なるマウンティング・セージ！》

メリィちゃんのノートを見る限り、彼の裏の顔は姫君たちには伝わっていないらしい。

ジュリアン様はアステル団長を神のごとく崇拝しており、よく団長推しの姫君にマウントを取って火花を散らすことが書かれている程度だ。

団長に本気で恋する姫君以外には微笑ましい要素として受け入れられるみたい。実際はバルタさんよりもずっと暴君なんだけどな……。

ジュリアン様に関して、下位騎士の間でまことしやかにささやかれている噂がある。

彼は好き嫌いで治癒魔術の質を変えるため、嫌われるとちゃんと治療してもらえないらしい。

みんな痛いのは嫌なので、ジュリアン様には逆らえなくなってしまった。本当ならとんでもない

ジュリアン・フレーミン

⋈エンブレムカラー⋈
緑

いつもお世話になっています！
しごでき！
騎士団創設の立役者！
全騎士の保護者！
団長のトップファンの座は渡さない！
聖なるマウンティングセージ！

TOP Knights

恐怖政治だ。

「ちょっと待った！　アステルの悪口を言っていたのはトーラだけだって！」

「同じ空気を吸っていた者は同罪です」

「理不尽すぎない⁉」

リナルドさんの悲鳴が虚しく響き、トーラさんが嘲《あざけ》るように鼻を鳴らした。

「最初からここでの会話を盗み聞いていたってわけか。相変わらず悪趣味な野郎だな」

「隣の部屋で執務をしていて、偶然聞こえてしまっただけですよ。私はあなたのように暇ではないんです。ご存知でしょう？」

「知るかよ。どうでもいい」

「これは失礼。たしかにあなたには関係ない話でした。剣を振るしか芸がないですもんねぇ」

「あ？　なんだって？」

「そのくせ毎回無駄に怪我をして……。私の治癒魔術をもってしても死に急ぎの馬鹿は治してあげられず、いつも申し訳なく思います」

「てめぇ、好き勝手言いやがって！　いつも治療の時、痛み止めの魔術を最後に使う奴のほうが馬鹿だろ！」

「わざとですが何か？」

トーラさんとジュリアン様が睨み合い、一触即発のピリピリとした空気が流れる。

この二人の仲がすこぶる悪いという噂は聞いたことがあるが、見ての通り真実だった。

「おい、ジュリアン。もう開始時刻みてぇだが、全員揃ってねぇぞ。肝心のアステルはどうした？」

見かねてバルタさんが声をかける。

たしかにアステル団長の姿はまだない。

団長がいてくれれば、この会議室の不穏な空気を跡形もなく吹き飛ばしてくれるだろうに。

「今しがた先触れが届きました。城の廊下で女王陛下に呼び止められ話が盛り上がってしまったらしく、少々遅くなるそうです」

「……あのマザコン王子が」

「なんと無礼な！」

「まぁまぁ、ご両人。新人の前で醜い喧嘩をするんじゃないよ。ネロが不安がってるじゃないか」

リナルドさんが俺を引き合いに出して険悪な空気をごまかそうとした。

やめてほしいが、抗議する勇気が俺にはない。

ジュリアン様は鬱陶しそうにため息を吐く。

「そうですね。ネロ・スピリオくん、こちらへ」

「はいっ」

恐る恐るジュリアン様の傍らに寄る。

すると、ジュリアン様はいきなり俺の顎をすくうように指先を添えた。

驚いている間に、もう片方の手で前髪を躊躇《ちゅうちょ》なくあげられてしまう。

「ふむ。相変わらず田舎の狩人とは思えぬ顔面偏差値。ご両親に感謝なさい。だいぶ野暮《やぼ》ったさも薄らいできましたし、命じたスキンケアも続けているようですね。髪を切ればこの陰気さもマシになると思いますが……まぁ、あなたがこれ以上目立ってもねぇ。よろしい。本日アステル様に侍《はべ》ることを許しましょう」

「……今の、なんの時間？」

ミューマさんが首を傾げた。

「顔審査です。入団したことで増長して美しさを損ねる輩が一定数いるのでね。国民の好感度以前に、アステル様の配下たる者、見目麗しくなくては」

ジュリアン様は入団試験の面接官も務めているので顔審査を受けるのは二回目だ。ボロクソに言われた前回よりはマシな評価になっていた。

星灯騎士《エストルス》になれるのは、武芸に秀でた美男子という条件がある限り、容姿には気を配り続けなければならない。

王都に来たばかりの頃は心労で肌荒れしていたせいもあって、入団後にはいろいろと厳しく指導を受けた。

生まれて初めて化粧水と保湿クリームを塗った時は、ものすごく贅沢なことをしていると恐れ戦《おのの》いたものだ。

ミューマさんとリナルドさんが手招きをしてくれたおかげで、俺は会議室の隅に戻ることができた。

陰気と言われてもいい。俺は隅でおとなしくしていたい。

「時間は有限です。アステル様がいらっしゃるまで、私から皆さんへ諸注意をお伝えします」

円卓に着いたトップ騎士たちが一斉に嫌な顔をした。

「まずミューマ。また研究所の設備を壊しましたね」

「魔力が安定しないんだ。成長期なんだから仕方なくない？」

「いつまでも子ども扱いしてもらえると思ったら大間違いです。どうせ好奇心から無茶な実験をしたんでしょう？　スポンサーたちにさらなる出資を募れるような魔術の開発を優先するように」

「……はーい」

ミューマさんが面倒くさそうにため息を吐いた。

金に関することはやっぱり生々しいな。それにミューマさんも意外とやらかしているらしい。

「次にリナルド。寿退団した元同僚の結婚式で号泣しながら歌ったそうですね」

「うっ、いや、わざとじゃないんだよ。俺とあいつで何が違うんだと考えていたら負のループに陥《おちい》って――」

「みっともないのでやめなさい。以上」

「もっと話聞いて！」

リナルドさんは唸り声をあげて机に倒れ込んだ。

ああ、この場に毛布があったら覆い隠してあげられるのに。

「次、バルタ。連日歓楽街で飲み歩いていると目撃情報がありました」

「おう、何か悪いのか？」

「店の女性があなたに懸想して仕事をしなくなったと数件苦情が入っています。極力自宅で飲みなさい」

「それがよ、知らない女が家に勝手に上がり込んできて帰れなくなっちまったんだ」

「また特定されたんですか？　お願いですから警備が厳重な貴族街に引っ越してください」

「嫌だね。あの綺麗に整った街並みは肌に合わねぇ」

バルタさんに対してはジュリアン様が折れて、また平民街に新居を用意するということで話がまとまった。強い。

「最後にトーラ。……ファンへの対応は酷いものですが、最近はクレームも入らなくなりました。生活態度に関しても問題ありません。これからもアステル様のために身を粉にして働きなさい」

「一言余計だ。俺は俺のために戦う」

トーラさんだけは特にお咎めなしだ。

勘違いされやすい言動をしているけれど、根は真面目でしっかりした人なのだろう。さすがだ。

……いや、トーラさんが普通で、他が変わっているような気がする。

トップ騎士たちに抱いていた朧気な印象がたった数分で様変わりしてしまった。

俺はこの場にいてよかったんだろうか。口封じに脅されないかとても心配だ。

「あーあ、俺たちばっかり傷ついてずるい。ジュリアンは何かないのかい？　失敗談とか苦労話」

「残念ながら、お話しできるようなものは何も。あなたたちとは違うので」

リナルドさんが口をとがらせ、トーラさんを見る。

「こいつがダメになるのはアステル絡みの時だけだな。それが十分気持ち悪いだろ。家族でもなんでもないのに」

「私からすれば、トーラの態度のほうが信じがたいですよ。生まれた時からあの御方のそばにいて、よく脳を焼かれずに生きていられますね？　宙《そら》から舞い降りた完全無欠の綺羅星様ですよ。世界の宝にして、千年に一人の英雄。同じ時代同じ国に生まれたことを神に感謝すべきだというのに……。いい加減負けを認めて跪いたらどうですか？」

「ほら、急に早口になって気持ち悪い」

会議室には微妙な空気が流れた。否定も肯定もできない。

「まぁ、アステルがすごいっていうのは分かるよ。強いしかっこいいし仕事もできる。国民への対応も完璧でみんなに気を配れるし、いつでも前向きだし、誰からも好かれてる。家族愛が強すぎるのだって、一般的に見れば良いことだよね。欠点が見当たらないよ」

ミューマさんの言葉にトーラさん以外の全員がすんなりと頷いた。特にジュリアン様は何度も深く頷いている。

アステル団長のことは俺も心の底から敬愛しているから、同じ気持ちで嬉しい。

「そうだな。アステルは良い奴だ。誰よりも幸せになってほしいよ。けど、生涯現役で騎士を続けるつもりなんだろう？　結婚できないじゃないか……」

「幸せ=結婚で考えるクセをやめろ」

バルタさんの冷静な突っ込みに、また会議室に微妙な空気が流れる。

ずいぶん前からアステル団長は『俺は生涯現役！　誰とも結婚しない！』と公言している。

その言葉に姫君たちは救われたり悶えたりしているらしい。

「その問題に関しては、ええ、私も危惧しています。結婚はともかく、子を儲けるつもりもないようで……。あの素晴らしい遺伝子を後世に残せないなんて、王国にとって、いえ、世界にとって大いなる損失です！　男の子でも女の子でも絶対可愛いのに！」

「落ち着け。アステルはまだ若い。本気で惚れた女に出会ったらまた考えも変わるだろうぜ」

「そうだといいのですが、恐ろしいことにアステル様は最近……ああっ、なんということでしょう！」

大げさな動作で嘆くジュリアン様に、トーラさんまで訝《いぶか》しげに首を傾げた。

「子犬を飼い始めたんです。城の倉庫番の飼い犬の子を譲り受けて、我が子のように溺愛してるんですよ！」

「……い、犬を」

動揺が伝播《でんぱ》して静まり返る会議室。

なんだか取り返しのつかない瞬間に遭遇したような気分になって、なぜか俺の胸もちくりと痛んだ。

どうしてだろう。微笑ましいニュースのはずなのに、話の流れが悪かったせいかな。

全員が次の言葉を探していたその時、扉が勢いよく開いた。

「ごめん、遅くなった！　母上に次の周年式典のことでアイデアをもらったんだ。後で相談させてくれ」

会議室に飛び込んできたアステル団長は乱れた団服をさっと直し、一番奥の椅子に颯爽と腰掛けた。

「ん？　みんなどうした？　変な空気だな」

「いや、アステルが犬を飼い始めたって聞いたから……」

その瞬間、アステル団長はぱぁっと瞳を輝かせた。眩しい！

「そうなんだ！　コロコロでふわふわ！　俺の後をトコトコ追いかけてきてさ、すっごく可愛いんだ！　見たい？　今度本部に連れてくる！」

多忙なはずなのに疲れをまったく感じさせないキラキラの笑顔。

アステル団長が幸せそうで良かった。もうそれ以外の感情はいらない。

最終的に会議室には優しい空気が流れた。


「待たせてすまなかった。では、会議を始める」

ようやくトップ騎士会議が始まった。

すでに俺は疲れ切っていたが、ここからが肝心だ。

絶対に失言しないように気をつけよう。これ以上心に負荷を与えたくない。

「定例報告の前に、改めてみんなに紹介する。と言っても、もう挨拶は済ませたみたいだな。ネロ、こちらへ」

アステル団長に声をかけられ、俺は再び円卓に近づく。

「うん？　顔色が悪いけど大丈夫か？　……すまない。俺が遅れてきたせいで気疲れさせてしまったな」

「いえ、そんな、大丈夫です。き、緊張しているだけで……」

「肩の力を抜けって言っても難しいか？　大丈夫。騎士は堅苦しくて仰々《ぎょうぎょう》しいイメージがあるけど、俺は生まれた身分や礼儀作法にこだわりたくないんだ。戦いでもファンへの対応でも気を抜けないんだから、せめて仲間内でいる時くらい楽にしてくれ」

優しい言葉が胸に染みた。

嬉しくて泣きそうになったのは、この会議室に入ってから初めてだ。

アステル団長が絶対的な人気を誇る理由がよく分かる。こんなに輝いている人は見たことがない。

アステル・エストレーヤ様。

言わずと知れた星灯《エストルス》騎士団の団長にして、この国の第二王子。年齢は二十歳。

光を蓄えたような透明感のある金髪に、赤みがかったブラウンの瞳。

団長の笑顔一つで周囲の者全てが幸せになってしまうような強烈な魅力を放っている。

エンブレムカラーは赤。

国民の期待を一身に背負い、王子でありながら最前線で使い魔と戦い、常に勝利をもたらしてきた。

星灯《エストルス》騎士団の絶対的象徴にして、精神的支柱である。

《不動のナンバーワンにして絶対的エース！　エストレーヤの奇跡の綺羅星！　至高の騎士！　圧倒的光属性！　仲良しロイヤルファミリー！　会いに行ける伝説！　最強で最高の王子様！　ナイトオブスター！》

メリィちゃんのノートでも、アステル団長の情報量が一番多かった。これはエナちゃんの影響かもしれない。

「ねぇ、どうして彼を会議に呼んだの？」

ミューマさんの問いに、アステル団長は笑みを深めた。

「ネロ、訓練記録は持ってきてくれたか？」

「あ、はい」

俺は入団してから書き留めている射撃訓練の記録を渡した。

定期的に行われている試験の結果は上層部も知っているだろうけど、普段の訓練記録は提出していなかったので何を言われるのかドキドキする。

アステル団長は一目見てから頷き、ジュリアン様に手渡した。

「これはこれは……。ざっと計算しますと、直射命中率九十九パーセント、曲射命中率九十七パーセント。連射時、走りながら、夜間暗所、雨天強風、対魔物での実戦形式……いずれも九十二パーセント以上。射程距離が伸びてもほとんど外していませんね。顔だけではなく、弓の腕も大変素晴

アステル・エストレーヤ

⋈ エンブレムカラー ⋈

赤

不動のナンバーワンにして
絶対的エース！

エストレーヤの
奇跡の綺羅星！
至高の騎士！
圧倒的光属性！

仲良し
ロイヤルファミリー！
会いに行ける伝説！
最強で最高の王子様！
ナイトオブスター！

TOP Knights

らしいようで」

半年間の記録を流し見て集計するジュリアン様のほうがすごい。

リナルドさんたちが、おお、と感心してくれるのが面映《おもは》ゆかった。

狩りの技術は俺にとって唯一無二の特技だ。

物心ついた時からずっとこれしかやってこなかったからできるのは当然で、むしろ百発百中にならないことが悔しい。

いつも一撃で獲物を仕留めていた亡き父と比べたら未熟だと思う。

「それで？　こいつの弓の腕がこの会議とどう関係するんだよ」

苛立ったようにトーラさんが言った。

「もう分かるだろ？　このトップ騎士の中には射手がいない。この前のカラスの使い魔戦は紙一重だった。ネロが頑張ってくれなかったら戦死者が出ていたかもしれない。遠距離攻撃をミューマたち魔術部隊に任せきりじゃダメだ。改めて射手の存在が大切だって分かったんだ。トップクラスまでとはいかなくとも、主戦力の一人としてネロを育てたい」

俺は息を呑んだ。

先日の使い魔戦の反省会として呼び出されたのだと思ったが、団長はすでに先のことを考えていた。

「反対だ！」

すかさずトーラさんが声を上げるも、予想済みであったかのようにアステル団長は顔色一つ変えない。

「理由は？」

「……どんなに腕が良くても、最前線に射手はいらない。邪魔だ」

「理由になっていない。まぁ、トーラの気持ちは分かる。背後から射られるのが心配ってことだな？」

「当たり前だろ。味方の攻撃まで気を配ってられるかよ」

悪く思わないでくれ、と団長は俺に微笑みかけた。

「俺たちは国民に託してもらった魔力で身体強化をして戦っている。だから力も速さも人間離れしていて動きを予測しづらいと思う。俺たちも、使い魔との戦いでは背後を気にする余裕も、防具に魔力を集中させる余力もない。いくらネロが気をつけてくれても、その矢で仲間が傷つく可能性はどうしても出てくるってことだ」

俺は静かに頷く。

それは訓練のたびに上官から説明されていた。

遠距離攻撃は獲物の動きを予測してワンテンポ早く攻撃動作に移らなければならない。

狙った場所に向かって射る能力だけではなく、獲物や仲間の動きを先読みする能力がなければならないのだ。

でも、魔力で強化された近接戦士の動きを正確に予測できる人間なんて、ほとんどいないだろう。

それは魔術も同じなのだが、腕のいい魔術師ならば攻撃魔術の発動後も多少は威力や方角を調整できるという。弓矢よりは仲間を傷つける可能性は低かった。

「ネロも知っているだろうが、実際過去にそういう事故があった。すごく腕のいい射手がトップ騎士候補として前線にいたが、使い魔戦で味方を誤射した。何を隠そう、このトーラが肩を射抜かれた」

「お前を庇《かば》ってやったんだろうが！」

「……ああ。あの時はありがとう」

アステル団長は力なく頷き、トーラさんは忌々しげに息を吐いた。

この事故は一般には公表されておらず、俺も入団時の研修で概要を教わっていたものの、誰が負傷したのかまでは知らなかった。

団長であり第二王子でもあるアステル団長が、もしかしたら仲間の放った矢で傷ついていたかもしれない。代わりに負傷したトーラさんだって人気の騎士だ。

国民が誤射をした射手を責め立てるのは目に見えているので、公《おおやけ》にしなかったのだろう。

結局、この事故は後の大きな悲劇へと繋がってしまったのだけど……。

「星灯《エストルス》騎士団の創設以来、騎士団内での死者は三名。内二人は規則を破って隠れて恋人を作り、使い魔に狙い撃ちされた。正直これはどうしようもなかった。……もう一人の死者がその射手だ。こちらは防げたはずの戦死だ」

件《くだん》の射手は誤射したことを気にして集団から離れ、名誉挽回のために一人で使い魔を狙い、返り討ちに遭ってしまったらしい。

そんなことがあったから騎士団の中で射手という兵種は不人気で、担い手が少なくなってしまったのだという。

「俺たちがもっと声をかけてやれば、もっと連携を取っていれば、あいつは死なずに済んだかもしれない。こんな話を聞かされたらネロも嫌だろうけど、あいつの二の舞にさせないためにも今後はここにいるみんなと一緒に訓練をしたり、魔物討伐任務に同行して連携を密に取ってもらいたい。今日はその顔合わせのために呼び出したんだ」

ようやく全てが腑《ふ》に落ちた。

俺がトップ騎士会議に呼ばれたのは、改めて射手を使い魔討伐の戦略に組み入れるため。過去の事故と同じことが起こらないよう、トップ騎士たちの動きに慣れろということだ。

……そして、トーラさんがやたらと俺に当たりが強い理由も、よく分かった。

俺が射手だから、過去の事故を思い出してしまうから、自然と前線から遠ざけようとするのだろう。当然の反応だ。

「だから射手なんていらねぇよ」

「いーや、絶対に必要だ。空を飛ぶ使い魔はきっとこれからも出てくる。射手なしで勝てると思うか？　たとえばドラゴンとか」

「……じゃあ空中戦専用の運用にすればいいだろ」

「そんなことを言っていたら、もしもの時に動けない。今からみんなでネロを育てる。トーラ以外のみんなは？　反対か？」

他のトップ騎士たちは揃って首を横に振った。

「僕は構わないよ」

「オレはどちらでもいい」

「私はアステル様のご判断に従います」

「俺は歓迎。ネロは一度も俺を蔑んだ目で見なかったからな。良い奴だ！」

部屋中の視線を受けて、俺は言葉を詰まらせた。

俺の腕を買ってくれるのは嬉しい。

使い魔討伐で活躍できるようこれからも頑張ろうと思っていたところでもある。

トップ騎士たちの動きを間近で見られれば、戦場での立ち回りも上達するだろう。

……だけど。

このまま黙っているわけにはいかない。

「すみません。俺は二年契約で、任期はあと一年半です。それ以上騎士を続けるつもりはありません。だから育ててもらっても――」

アステル団長が少し驚いたように目を瞬かせた。

ああ、団長の期待を裏切るような真似はしたくないのに。

あと、ジュリアン様の虫を見るような冷たい視線が怖い。

「……契約を延長しないと決めている理由を聞いてもいいか？」

「もともと俺は母の治療費を稼ぐために入団しました。母を一人にしないためにも、命の危険のある仕事は長く続けられません。……それに」

「それに？」

脳裏に浮かぶメリィちゃんの笑顔と俺を呼ぶ声。

あと一年半頑張ったら、彼女との関係を変えることができる。

俺の宙ぶらりんな気持ちにも答えを出すことができるんだ。

これ以上待ちたくないし待たせたくない。

でも困ったな。こんな個人的で曖昧な気持ち、恥ずかしくてトップ騎士たちには聞かせられない。

特に、生涯独身を貫くと公言しているアステル団長には異性に関するあれこれは言いづらかった。

「なるほど。好きな女がいるのか」

「え!?　いえ、あの、た、たしかに気になってる子はいますけど、まだよく分からなくてっ。騎士団の規則に反するようなことは断じて……」

どんどん小さくなっていく俺の声に、アステル団長は朗らかに笑った。

「分かった。ネロの人生はネロのものだ。制約の多い星灯《エストルス》騎士団に長く縛り付けることはできない。あと一年半でも構わない。前線に来てくれ。絶対にお前を死なせないから」

負の感情ひとつない澄んだ瞳に見つめられ、俺は小さく震えた。

「ど、どうして、俺をそこまで……」

「見込みがあって成果を出した奴は引き上げる。当然だろ。さっきも言ったけど、俺たちはみんなに託してもらった魔力で力や速さを強化して戦っている。でも、技術的な部分は魔力ではどうにもならない。ネロの弓の腕は何ものにも代えがたい素晴らしいものだ。俺はそれが欲しい。どうしても」

「…………」

「俺の夢は存命中に使い魔を全て倒し、魔女の呪いを解いて国を救うことだ。そのためにも優れた射手が必要なんだ。ネロが前線にきて活躍してくれたら、きっと憧れて後に続く奴も出てくる。契約期間中だけでもいい。俺の夢に付き合ってくれ」

心臓が激しく脈打って壊れてしまいそうだった。

この国の第二王子殿下が、亡き父が厳しく教え込んでくれた狩人の技術を認めて称賛してくれている。

こんなに嬉しいことはない。

俺みたいな平民出身の下っ端に団長がここまで言ってくれているんだ。

「…………はいっ！　騎士でいる間、国と仲間のために全力を尽くします！」

涙を堪えて返事をすると、アステル団長は心底嬉しそうに「ありがとう！」と俺の肩を叩いた。

騎士になったのは成り行きだ。

でも、こんな俺でも必要とされるのなら誰かの役に立ちたかった。

功績授与の時、壇上から見た国民の誇らしげな顔が目に焼き付いて離れない。

あの期待に応え続けることがどれほど大変なことか分からないけど、最初から諦めるような真似はしたくない。

俺はかつてなく燃えていた。

団長の夢の熱を分けてもらったみたいに、無限の勇気が湧いてくる。

「まぁ実際問題、手術が無事に終わっても当面の通院費は必要でしょうし、転職するにも何かと入用ですよ。トップ騎士の魔物討伐任務の危険手当は高額です。せいぜい貯蓄しておきなさい」

「あまり気負うなよ。怖くなったらオレの後ろにでも隠れてな」

「そうだとも！　分からないことがあればなんでも聞いてくれ」

「よろしくね、ネロ」

他の騎士たちも歓迎してくれる中、トーラさんだけが面白くなさそうにそっぽを向いた。

「もし俺と組むことがあっても、足を引っ張るんじゃねぇぞ」

「は、はい」

いつかトーラさんにも信頼してもらえるよう、今まで以上に射撃精度を上げる努力をしよう。

「ところで坊主は平民の新人騎士だろ？　オレたちの任務はなかなかハードだが、魔力は大丈夫か？　どれくらい応援してくれるファンがいる？」

バルタさんの問いに、俺は言葉を詰まらせる。

今まで特に気にしたことはなかったけど、国民的人気のトップ騎士の面々に言うのは少し躊躇われた。

「……えっと、いつも来てくれる固定の姫君は一人です」

「一人？」

「はい。あとは通りすがりの善意の民とか、非番の同僚とか……」

アステル団長以下、全員が目を点にした。

「それ、本当か？　だって使い魔の翼を撃ち抜いてただろ？　あの威力は……」

「その一人の子がたくさん魔力をくれているんです。やっぱり貴族のご令嬢なのかな？　と、とにかく、その子の応援のおかげでなんとか」

それからトップ騎士たちの間で物議を醸《かも》し出してしまった。

メリィちゃんの魔力量が多いのか、それとも彼女の愛が尋常ではないのか。

いろいろな意味で羞恥心《しゅうちしん》を煽られて落ち着かない。

ついでにいえば、リナルドさんが「羨ましい」を連呼して話が進んでいない。

「そうか、ネロはその姫君にものすごく愛されているんだな！」

「……そうなんでしょうか。俺にとって初めての使い魔討伐戦だったから、きっといつもより彼女も気持ちが強かったんだと思います」

「照れて謙遜するなよ。気になってる子って、その子なんだろ？　じゃあ良いことだ」

微笑ましいものを見るような団長の視線に、俺は緩みそうになる頬に力を入れた。おかげで顔の熱がどんどん上がっていく。

誇らしい。メリィちゃんの存在は俺にとって自慢なんだ。

彼女の献身があるからこそ俺は騎士を続けられる。

団長に引き立ててもらえたのも、元はといえば彼女のおかげだ。

「気は進まないかもしれないが、できればファンを増やす努力もしてもらいたいな。その子頼りじゃ、万が一握手会に来てくれなかった時に戦えなくなる」

「……はい」

「別に姫君じゃなくてもいいんだ。子どもやお年寄り、親世代の大人たちにも顔と名前を覚えてもらえればいい。ネロの人のよさが伝われば、絶対に応援したくなる。功績授与の影響が出てくるのもこれからだろう」

団長はそう言ってくれたが、ジュリアン様からにこやかに「やっぱり髪を切りましょうか」という意味であろうハンドサインを出された。

くれぐれも騎士団在籍中は告白するな、我慢してくれ、両想いになってしまったら隠さず報告しろ、とやんわり注意される。

すっかりトップ騎士たちに俺に好きな人がいると認識されてしまった。

メリィちゃんのことが気になっていることには変わりないので、強く否定はできない。

トップ騎士たちは想像以上に個性が強かったが、その分、人々を魅了してやまない力を持っている。

ミューマさんの物怖じしないところも、リナルドさんの人懐っこいところも、バルタさんの頼もしいところも、トーラさんの自分に厳しいところも、ジュリアン様の頭の回転が速いところも、アステル団長の真っ直ぐで熱いところも、大いに見習おう。

そうすればきっと、メリィちゃんに自慢してもらえる立派な騎士に近づけるだろうから。

第四章　姫君たちの日常

♡♡♡

私の一日は、カーテンの隙間から差し込む朝日で目覚めるところから始まります。

「ふぁ……」

お手伝いさんが用意してくれたお湯で顔を洗ってスキンケアをし、簡単に髪を整えてから部屋にある祭壇に向かいます。

「おはようございます、ネロくん」

祭壇というのはこの半年でお迎えしたネロくんに関するものや、連想できるものを並べた飾り棚のことです。

毎朝お参りするたびに今日も一日推し騎士様のことを考えて生きられる喜びに満たされ、神聖な気持ちになります。

中央に鎮座するのはネロくんの写真！

これは定期的に配られる〝星灯《ほしのひ》だより〟という情報誌の切り抜きですね。第七期入団員のお報せ欄に載っていたネロくんのプロフィール写真を紫色の可愛い写真立てに入れてみました。

まだ半年前のものとはいえ、初々しくて最高です。

写真と印刷に関する技術は今まで超上級魔術として貴族社会が独占していましたが、トップ騎士のミューマ様が簡単に扱えるように作り変えた結果、ここ数年で一気に普及しました。神です。歴史に名を残す偉業そのもの。

この時の星灯だよりは閲覧用と保存用を含め計三冊持っています。

閲覧用のほうを改めて読み直してみたら、カフェでお見かけしたクヌート様もちゃんと載っていました。

私としたことが、髪型が少し変わっていただけで気づけなかったようです。

そして昨日、もう一つ新しい写真立てが増えました！

使い魔討伐で功績を授与されたことで、最新号にネロくんが載っていたのです。今回も三冊確保するのが大変でした。

このままネロくんの活躍が増えれば、もっともっとコレクションは増えていくはず。

人気が出れば個別グッズも発売されるでしょうし、もしかしたらツーショット撮影会が催されるかも。

嬉しいような寂しいような恐ろしいような、複雑な気分です。

「新しいレイアウトを考えないと……」

私は紫のリボンを巻いたテディベアをぎゅっと抱きしめました。

この子は雑貨屋さんで出会った、どこかネロくんの面影を持つ子です。公式グッズではありませんが、運命を感じてお迎えしました。

こうして時折行き場がなくなった感情を受け止めてもらっています。

悩み相談をしてしまうこともあり、客観的に見ると完全にヤバい人です。

でも、我に返っても大丈夫。

心の空洞は推し騎士様への愛で埋めればいいのです。

祭壇は紫色の雑貨やドライフラワーで飾り付けています。

先日購入した小瓶に入ったスミレの砂糖漬けを見ていると、カフェでネロくんに淹れてもらったスミレのお茶を思い出して、私の意識は彼方をさまよいました。

あの日は本当に幸せな一日でした。

ネロくんが調理したものを食べられるなんて、本当に身に余るご褒美です。

パンケーキもお茶も、許されるなら持って帰りたかった……！

お財布の中身を全て差し出したかったのですが、リリンちゃんにやんわり断られてしまいました。

後日お届けしたトップ騎士様の情報ノートはネロくんの役に立ったでしょうか。

途中から変なテンションになってしまって、不必要なことまで書き込んでしまった気がします。

不快な想いをさせていないことを祈るばかり……。

トップ騎士会議がどうなったのかも気になります。

ネロくんに困ったことが起こっていないといいのですが。

「はっ、そろそろ準備をしないと」

急いで制服に着替えて、ドレッサーに腰掛けました。

学校のある日は薄づきのメイクです。

肌に日焼け止めを塗ってからおしろいを顔全体に軽く叩き、眉はナチュラルに仕上げ、チークを薄っすらと頬に馴染ませました。

最後に微発光の魔術をかけたパウダーを目の下などにさりげなく差し込めば完成です。

顔全体がワントーン明るくなる流行のメイク術。少しは上達しているといいのですが……。

リップは朝食の後、出かける前に塗りましょう。

化粧道具をポーチに入れて学校の鞄に忍ばせます。

次はヘアメイク。

熱を操る初級魔術を応用して寝癖を直し、肩より少し長い髪を低めの位置で二つ結びに。

気分によって三つ編みやお団子、ハーフツインテールにしますが、今日はスタンダードな形にしました。

髪に結ぶリボンはもちろん淡い紫色です。

控えめでも推し騎士様への愛を主張する心は忘れません。

「お嬢様、そろそろ朝食の用意が整いますよー」

「はーい、今行きます！」

前髪がなかなか決まらず苦戦している間に、時間切れとなりました。

我が家は没落して平民になった元貴族。

といっても、私が産まれた頃にはもう平民だったので、アパートメントの狭いワンルームでの生活にも特に不満はありませんでした。

むしろ、父の商売が軌道に乗ってからの不自由のない暮らしのほうに気後れしているくらいです。

自分に貴族の血が流れていると知ったのもわりと最近でした。

没落の詳しい経緯は成人したら教えてもらえる約束です。

「そんなに悪い理由じゃないよ」と言っていた父の言葉を信じたいですが、はたして。

昔のことはともかく、今では平民街でも上等な土地に小さな屋敷を構え、お手伝いさんもいて、学校にも通わせてもらえています。

父と母には本当に感謝しかありません。

「おはよう、メリィ」

「おはようございます、お母様。今日は一段と決まっていますね。そのワンピース、とっても可愛いです」

「うふふ、ありがとう。お昼に舞台を観に行くから、気合を入れちゃった」

母は上品でおっとりしていて、滅多なことでは動じません。

普段は上流階級のご婦人相手に父の工房で取り扱う商品の営業をしていますが、基本的に悠々自適に過ごしているようです。

趣味は舞台観劇。

特に歌劇が大好きで、推しの俳優さんを熱心に追いかけている辺りに濃い血の繋がりを感じます。

新聞に星灯騎士団《エストルス》と俳優さんの情報が裏表で載っていた時、どちらがコレクションにするかで骨肉の争いが起こったことは言うまでもありません。

結局父がもう一部購入してくれたので事なきを得ましたが。

「今日のメリィも可愛い。少し前と比べるとずいぶんと垢抜けて……やっぱり推しとの出会いは乙女を変えるわね」

「そう言ってもらえると嬉しいです！」

父は朝が弱く、なかなか起きてこないので母子二人で朝食を食べ始めます。

母の言葉通り、私はメイクもおしゃれもネロくんに出会うまであまり興味がありませんでした。

それどころか、可愛く見られようと努力することは恥ずかしいとすら思っていたくらいです。

でも今はネロくんに少しでも可愛いと思ってもらえるのなら苦手な運動も食事制限もして、爪をピカピカに磨き、スキンケアも徹底して、ヘアメイクやファッションの探求もとことんやりますよ。

必死に外見を磨こうとするのは、もしかしたら私の内面の自信のなさの表れなのかもしれませんが……。

「そうだ、昨日のお茶会で聞いたんだけど、ベッカー夫人のお嬢さんが婚約されたらしいの」

「それはおめでたいですね」

「ええ。でもお互い一人っ子だったみたいで、いろいろもめたそうよ。ねぇ、メリィの好きな騎士様ってご兄弟はいらっしゃるの？　うちにお婿さんに来てもらえるかしら？」

「え⁉」

母の突然の爆弾発言に、私はスプーンを落としかけました。

「だって、メリィがお嫁さんにいってしまったら寂しいもの。で、どうなの？」

「お母様、それはその……公式プロフィールによるとネロくんは一人っ子ですけど……」

「まぁ、困ったわね」

「いいえ、ちょっと待ってください。そもそも私とネロくんは全然そういう関係ではありませんよ。ほら、星灯の騎士様《エストルス》は恋愛禁止ですから！」

母はきょとんと首を傾げた後、華やぐような笑顔を見せました。

「知っているわよ、それくらい。でもいつかはそういう関係になりたいでしょう？」

「え、えー？　どうでしょう？　私はもちろん大好きですけど、ネロくんは……」

いつも優しく接してくださいますが、それは私が彼のファンだから。

使い魔や魔物と戦うためには魔力が必要で、握手会に来るファンは大切にしないといけません。

好きになってもらえればもらえるほど、譲渡される魔力量も跳ね上がるんですから。

ネロくんの本心は分かりませんが、あの儚《はかな》げな笑顔は私だけの特別なものではありません。

いつもは握手会で気持ちと一緒に魔力をお渡ししていますが、もしもそれが気持ちだけだったら受け取ってもらえないかも……。

考え出したら、胸がずきりと痛みました。

「あらあら。大丈夫よ、メリィ。自信を持って。あなたは私と彼の子だもの。願いを叶えるためならなんだってできるでしょう？」

「お母様……」

「暗い顔をしてはダメ。さぁ、早く食べて学校に行ってらっしゃい。あ、もしも彼に会ったら婿養子についてどう思うか聞いてきてね」

「そんなこと聞けません！」

羞恥心をごまかすように急いで朝食を済ませ、最後の身支度をして家を出ました。

ネロくんと結婚……。

母にその話題を出されたことで、いつものような自分に都合の良い妄想とは違い、現実を思い出してしまいました。

ネロくんを推し騎士様として崇《あが》められるのはあと一年半。

彼が騎士を辞めてしまったら、会うことすら難しくなるでしょう。

いくら祭壇が賑やかになっても、本人に会えないのは耐えられないかもしれません。

「………」

お別れが嫌なら、いつかは勇気を振り絞らないといけませんね。


学校に向かう途中、広場に寄りました。

こうして握手会の開催を確認するのが、すっかり日課になっています。

「きゃ、やったー！　騎士様にお会いできる！」

掲示板の前で飛び跳ねている姫君がいますね。今日は握手会が開催されるようです。

同じ学校に通う生徒も多く、毎朝のようにこうして顔を合わせているので、喜んでいる顔ぶれを見ればどの騎士様が参加されるのかなんとなく分かるレベルに達しました。

かなりの人数の姫君がお祭りのようにはしゃいでいる様子を見るに、今回はトップ騎士様がいるようです。異様な熱量になっています。

「久しぶりにリナルド様のご尊顔を拝めるわ！」

「ああ、バルタ様……わたくしの名前覚えてくださったかしら」

「ばあや！　美容院の予約を‼」

なるほどなるほど。

北部と南部に配属されているトップ騎士様も会議に出席するために王都に戻っていますもんね。

魔物討伐ではなく、訓練演習のための魔力募集と掲示板に書いてありますし、久しぶりに連携確認をされるのでしょう。

ネロくんの参加の有無は掲示板を見るまで予想できません。

幸か不幸か、今のところ推し被りの方に出会ったことがないので……。

私は自慢の視力で後方から掲示板に貼られた騎士様の顔写真を順番に確認しました。

「あっ」

ネロくんの写真を見つけるのと同時に、鞄から手帳を取り出して握手会の開催時間と授業の時間割りを照らし合わせます。

うん、うん、大丈夫。

この時間なら会いに行けます！

「………」


もちろん握手会は楽しみなのですが、懸念もありました。

ネロくんがトップ騎士様メインの演習に参加するなんて初めてのことです。

会議に呼び出されたことと関係があるのでしょうか？

握手会が午後ということは、日をまたいで遠方に向かうのでしょう。

魔物討伐の任務よりは安心ですが、トップ騎士様の厳しい演習に加わってネロくんが怪我をしないか心配です。

こういう時こそ、私がたくさん魔力をお渡ししなければ！

訓練演習は魔物討伐の任務よりも危険度が低いせいか、善意の民があまり握手会に参加せず魔力が集まりにくいみたいですから。


『あ、もしも彼に会ったら婿養子についてどう思うか聞いてきてね』


ふと、今朝の母との会話を思い出してしまいました。

会うことはできますが、私の口からそんなこと質問できるはずもありません！　忘れましょう！

笑顔の姫君たちの間を抜け、私は小走りで学校に向かいました。

赤くなってしまった顔を、運動してごまかさないと。


「おはよう、メリィ」

「はぁ、はぁ……おはようございます！」

「どうしたのよ。陸に打ち上げられた海獣みたいになって」

今日の一時間目はエナちゃんと一緒です。

私とエナちゃんはそこまでべったりしてはいませんが、グループ課題のある授業などは極力一緒に受けるようにしています。二人組を作ってという恐怖の言葉に抗うために。

「そこまで死活問題じゃないです。少し気を鎮めるために走ってきただけで」

「あ、分かった。握手会でしょ？」

「……当たりです。というわけで五限目は広場に行ってきます」

「いいなぁ……」

その一言には涙を誘うような哀愁が漂っていました。

使い魔討伐の時以外、アステル殿下の握手会が開催されることはほとんどありません。人が集まりすぎて危険ですし、厳重な警備を敷く経費がかかりますからね。

アステル殿下が訓練される時は魔力を譲渡する姫君が抽選で選ばれ、ひっそりと握手会が行われるという噂があります。

当選者には箝口令《かんこうれい》が敷かれ、いつどこでどのように握手会が行われたかも秘密なのだとか。

……まぁ、所詮は噂です。

実際はお城に勤めている役人や部下の騎士たちから魔力を集めているのではないでしょうか。

そのほうが手間もコストもかかりませんし、何よりファンに対して公平な態度を心掛けているアステル殿下が、平等性の不透明な抽選方式で握手会をするとは思えませんから。

「アステル殿下は握手会の機会こそ少ないですが、その分、ファンとの交流イベントはほぼ皆勤賞です。もうすぐ周年式典もありますし、今は英気を養って開催のお知らせを待ちましょう！」

トークショーや運動会などファンとの接触がないイベントには、アステル殿下は率先して参加していらっしゃいます。

こんなに親しみやすい王族はいない、と他国の賓客が驚かれるくらいです。

逆に、トップ騎士のトーラ様はファン向けのイベントにはほとんど参加されません。

女王陛下が主催される周年式典以外だと、『最強騎士決定戦』という武闘大会に参加されるくらいでしょうか。

アステル殿下に勝てないのがお約束なのですが、毎回ドラマチックな戦いを見せてくれるそうです。

露出は少なくてもファンの需要をばっちり満たしているため、人気が衰えることはありません。

「そうだ！　そのことについてメリィに相談があったのよ！」

「なんでしょう？」

「過去のイベントの様子が知りたいの！　アステル様が何を話されたとか、どういう雰囲気だったとか、他の騎士様との絡みや観客の感想も気になっていて」

「なるほど。要するにレポ……イベントレポートが欲しいということですね」

気持ちは痛いほど分かります。

私もネロくんの入団式には参加していないので、知りたすぎて頭を抱えました。

困った末に、リリンちゃんを拝み倒して当時のエピソードを聞き出したくらいです。

ネロくんは緊張のあまり大柄な同期の方……多分クヌート様ですね。彼の陰に隠れてやり過ごしていたそうです。

狩人の隠密技術を無駄に応用していたそうですが、おかげで新人びいきの姫君の記憶にも残らず、デビュー握手会もほとんど誰も来てくれなかったとか。

なんだかネロくんらしいエピソードですし、そのおかげで私はネロくんと出会えたのだと分かって、しばらく頰が緩みっぱなしでした。

「わたしだって努力はしたわ。図書館に保存されている新聞や情報誌のバックナンバーは可能な限り追った。でも公式の情報って要約されていたり、カットされていたり、イベントの全容や空気感が分からないものばかりで。……お堅いのよね」

「ですね。ちょっと危ない発言が面白くても検閲で直されてしまいますから。うーん、ネロくん関連ならいくらでも話せますけど、アステル殿下についてとなると……。非公式ファンクラブに行けば、そういう記録が残っているはずですが」

「何それ⁉　詳しく！」

私はエナちゃんのキラキラした瞳をまっすぐ見られませんでした。

「騎士様を愛する者たちが集まって情報交換をしたり、一緒に応援したり、魅力を語り合ったりしている非公式のファンクラブです。ファンそれぞれ応援スタンスが違うので、いろんなファンクラブが存在しているんですよ。イベントレポートも、行けなかった人や自分の記録用にさまざまなファンクラブに書き残されているはずです」

「ちょっと、メリィ。どうしてそんな楽しそうなことを今まで教えてくれなかったの？」

「……派閥争いが怖いからです！」

「ファンクラブの話よね？」

「私も星灯騎士団《エストルス》箱推しクラブをいろいろ巡ったことがあります。一言で言うと、そこは魔窟でした」

「だから、ファンクラブの話なのよね？」

「熱狂的信者、ガチ恋、保護者目線、自称プロデューサー、創作家……さまざまな派閥のファンが笑顔でマウントを取り合い、推し騎士様を独自解釈して新たな可能性を生み出し、見えないものを見ようとして気づけば新しい沼に引きずり込まれている……。エナちゃんに深淵《しんえん》を覗く勇気はありますか？」

エナちゃんは神妙な表情でごくりと息を呑みました。脅しすぎてしまいましたか。

私は取り繕うように微笑みます。

「少々特殊なファンクラブもありますし、推し騎士様のことになると過敏な方々が所属していらっしゃることもありますが、基本的にはものすごく楽しい集いですよ。だって推し騎士様への愛に溢れていて、皆様活き活きとしていますから。大きなファンクラブは『自分の推し騎士様をもっとたくさんの人に愛してもらいたい』というファンの鑑《かがみ》のような方が仕切っているので、きっと快くイベントレポートを読ませてくださると思います。この学校にも支部があったはず」

「ちなみにメリィは？　どこにも所属していないの？」

「私は結局無所属です。もしネロくん推しの同志に出会えても、思想の違いで仲良くできないかもしれないので……。でも、出入り自由のライトな箱推しファンクラブでたまに情報交換はしていますよ。騎士団についてお喋りするだけでもとても楽しいですし、素敵な先輩姫君から勉強させてもらっています」

先日ネロくんに渡したトップ騎士様の情報ノートも、クラブの有識者の方々に協力していただいて作成しました。

勇気を出してファンクラブを覗いておいて良かったです。

「あ、くれぐれもファンクラブに所属するかどうかは慎重に決めてくださいね。あくまでも非公式ファンクラブ。後で何かあっても自己責任です」

公式のファンクラブを発足してほしいとほとんどの姫君が願っているはずですが、なかなか実現しないのは星灯騎士団《エストルス》が国家の運営する組織だからでしょう。

貴族間でいろいろとしがらみがあるのでしょうし、誰がどのように取り仕切るかのルール決めも大変です。

何よりアステル殿下がファンに順番――会員番号を付けたくないとおっしゃっているからかもしれません。

厳しい表情をしているエナちゃんに、私は本音を告げました。

「……ファンクラブのこと、黙っていてごめんなさい。エナちゃんがクラブに入ったら私と推し騎士様語りをする頻度が減って、寂しくなってしまいそうで」

「メリィ……」

「あと、古参の方と揉めるんじゃないかと心配だったんです。エナちゃんって結構血の気が多いから、熱くなってトラブルを起こしそうで」

「言う順番が逆だったら怒らなかったのに」

エナちゃんは私の頬を笑顔でつねった後、しばらく黙り込み、そして――。

「今日の昼休み、学校にある支部とやらに行くからついてきて！」

後戻り用の命綱、そして暴走防止のための引き紐《リード》として、私の手をぎゅっと握りしめました。


午前の最後の授業は近代史でした。

「えー、来週から北部解放戦についての単元に入ります。予習として教科書の該当ページをよく読んでおくこと。その前提で授業を進めます。ここは期末試験でも多く出題しますからね」

「はーい……」

「それが終わったら、皆さんの大好きな女王陛下の即位と星灯騎士団《エストルス》の創設についてです。頑張ってください」

「はーい！！！！」

元気の良い返事が教室に響きます。

先生が苦笑したところでチャイムが鳴り、午前の授業が終了となりました。

少し憂鬱な授業内容も、その先に楽しみがあれば乗り越えられそうです。

ファンクラブに向かう前にエナちゃんと食堂でお昼を済ませることになっています。

食堂からは私の教室のほうが近いので、先に行って席を取らなければ。

そう思って少々急いで向かっていると、廊下で苦手なグループとすれ違いました。

「一人でこそこそと早足で食堂に向かう子って、なんかはしたないわよね」

「よっぽどひもじいのかなぁ」

「なんだか可哀想ですね」

私は聞こえてきた陰口を無視して進みます。振り返りもしません。

相変わらずですね、イリーネちゃんたち。

彼女たちとは入学当初仲良くしていました。

しかし我が家が没落した元貴族だと知るや否や、距離を置かれるようになり、いつの間にか私は孤立してしまったのです。

しばらくは完全に無視をされて存在自体なかったことにされていたのですが、私がネロくんに出会ってオシャレに力を入れ始めてから、こうして顔を合わせるたびにこそこそと笑われるようになりました。

彼女たちに嫌われるようなことをした覚えはないのですが……謎です。

嫌だなぁ、ほっといてほしいなぁ、と思いはしますが、いつも十秒くらいで忘れます。

イリーネちゃんたちのことで憂鬱になるくらいなら、ネロくんのことを考えて悶えていたいので。脳の容量はできるだけハッピーなことで満たしておきたい所存です。

「お待たせ、メリィ！　お腹減ったわね。今日はお肉の気分だわ」

「エナちゃんはいつもお肉ランチじゃないですか」

「誰が肉食系の極みですって？」

「言ってないでーす」

それに今は、素敵なお友達がいてくれますから。


早めに昼食を済ませた私たちは、文化系のクラブルームが集まるクラブ棟に足を運びました。

音楽や芸術、家庭科や娯楽遊戯などの部活と並んで、そのクラブはあります。

星灯《エストルス》騎士団応援クラブ。

凶悪な魔女と使い魔から国を守る星灯《エストルス》騎士団を応援するという名目で学校から活動を認められた、れっきとした部活動です。

握手会参加への呼びかけや、年に数回騎士様たちの活躍をまとめた冊子を作成してその魅力を伝えるのが表向きの活動目的です。

学校の設備を借りる以上、ただ推し騎士様を愛でて語り合うだけではダメだったようですね。

とはいえ、箱推しファンクラブ大手の王立学校支部、というのが界隈《かいわい》での認識。

それでいて本当に箱推しのファンで構成されているわけではなく、様々な癖《へき》を持った姫君が集う真の魔窟です。

私は身震いしました。

《身分・性別・学年・ファン歴関係なく、いつでも誰でも歓迎いたします》

クラブプレートの横に美しい筆致の張り紙がしてあります。

……実は私、ここには足を踏み入れたことがありません。

平民街のファンクラブで知り合った方が所属しているのでよく話は聞いていますが、とある理由で避けてきたのです。

「いいですか、エナちゃん。ここの支部長さんはめちゃくちゃ高貴なご令嬢です。穏便にお淑やかに行きましょう」

そう、貴族と平民が一緒に活動しているファンクラブ……。

没落貴族の家の者としてはどういう顔をしていればいいのか分からず、なんとも居心地が悪いのです。

できれば関わりたくなかった。

でも、いつまでも家柄を引け目に感じて逃げ続けるわけにもいきません。

今日は良い機会です。

先日の騎士カフェでもエナちゃんを案内して良いことがありましたし、思い切って訪問してみましょう。

「さっきも聞いた。メリィはわたしを狂犬か何かだと思っていない？　祖国では〝高雅な黒豹〟と呼ばれて一目置かれていたのよ」

「猛獣ではあるんですね」

お互いに制服と髪型をチェックし合い、深呼吸をした後、ドアを控えめにノックしました。

返事がないので誰もいないのかと思い、私たちが顔を見合わせゆっくりドアを開けると——。

「はぁ、犬になりたい……」

上品なご令嬢たちが思い思いのポーズで絶望を表していました。

すっぽりと表情が抜け落ちた虚無顔でありながら、切実な色を滲《にじ》ませた声……カオス。一体どういう状況なのでしょう。

私たちが「ひっ」と息を呑んだ音で気取られ、途端に彼女たちの瞳に光が宿ります。

「あら、お客様？」

「どうぞどうぞお入りになって」

「温かいお茶でよろしいかしら？」

ほとんど抵抗する間もなく、私たちはソファーに案内されました。

部屋の中はクラブルームというよりも、お茶会が催されるサロンのような雰囲気です。

「あ、あの、お構いなく」

「遠慮なさらないで。星灯《エストルス》の騎士様に少しでもご興味のある方には、最上級のもてなしをしないと気が済まないのです」

長い髪を縦ロールに巻いた、一際優美なご令嬢が私たちの対面のソファーに座りました。

彼女は二学年上の先輩にしてこのクラブの支部長――クラリス・フレーミン様。

フレーミン公爵家のご令嬢であり、星灯《エストルス》騎士団副団長のジュリアン様の従妹であられます。

最上級の貴族、そして騎士団幹部の身内の方を前にして、私は緊張で背筋がピーンと伸びきっていました。

まさか早々にクラリス様と出会ってしまうとは……。

「といっても、あなたはすでに立派な姫君ですわよね？　ネロ様推しのメリィ・ハーティーさん」

「えっ⁉」

私の個人情報が、推し騎士様が、割れている……。

わ、私、やっぱり悪目立ちしているのでしょうか。

断じて公爵家のご令嬢が気にするような存在ではありません！

「先日の功績授与式の紫の閃光魔術、見事でした。推し騎士様の活躍を誰よりも先に祝い、個人レスポンスまでいただけるなんて、ファン冥利に尽きるでしょう。おめでとうございます」

「恐縮です……」

「そちらは留学生のエナ・コリンズさんね？　あなたも騎士団にご興味が？」

「あ、は、はい。……よくわたしたちのことをご存知ですね」

「この学校の生徒の顔と名前は一通り存じ上げているつもりです。わたくしは生徒会にも所属しておりますので。それに、お二人ともとてもお美しいもの」

クラリス様は優雅なしぐさで微笑みました。

うーん、才色兼備で隙のないご令嬢にしか見えません。

先ほど犬になりたがっていたのは私の聞き間違いかもしれませんね。

むしろ、そうであってほしいと願ってしまいます。

「それでエナさんは……ああ、そのピアス。アステル様をお慕いしているのね？」

「はっ」

エナちゃんは慌てて両耳を隠しましたが、全然間に合っていません。

赤いガラス玉のピアス――まるで炎の揺らめきを表現しているかのようなデザインは、エナちゃんの推し騎士様が誰であるか雄弁に物語っています。

クラリス様もまた、赤いネイルをしていました。

シンプルですが、校則違反になりかねない派手な色味。

生徒の模範となるべき生徒会所属のクラリス様がこのような爪をしているのは、間違いなく推し騎士様への愛ゆえ……。

「…………」

推し被りの姫君が対面したことで、室内に緊張が走ります。

もちろんクラリス様がアステル殿下を推しているのは存じ上げていました。有名ですし、あのジュリアン様のご親族ですし。

エナちゃんは覚悟を決めたように姿勢を正し、艶やかな笑みを浮かべました。

おお、まさに高雅な黒豹です！

「お察しの通りにございます。わたしは先日の凱旋セレモニーでの折、すっかりアステル様の魅力にひれ伏しました。他国の者が貴国の王子殿下をお慕いするのはご不快かもしれませんが、何卒ご容赦ください」

クラリス様の目がすうっと鋭く細められました。

あからさまに同担拒否はしないとも伺っていますが、果たして真相は……。

「アステル様の、どのようなところが？」

「もちろん全てですが……決定的だったのは、仲間と国民を想って流された涙です。夜空の星が霞むような一滴の宝石のごとく、それでいて蝋燭《ろうそく》の炎のような儚い危うさも感じて……。もう本当に、なんかこう、ものすごく、とにかく尊すぎて無理でしたっ」

綺麗な言葉でまとめようとした結果、途中から語彙力が消失しています。

神のごとき推し騎士様を的確に言い表す言葉が現代には存在していないのでしょう。分かります。

「エナさん…………そういうのもっと聞かせて！　ご新規様の感想でしか得られない栄養があるんです！」

むしろ同担同士で語りたいタイプ⁉

クラリス様はおやつを前にした子どものようにニコニコです！

きっと誰よりもファン歴が長く、アステル殿下について語り尽くしているはずなのにクラリス様

は貪欲でした。

分かりますとも。推し騎士様への賛美はこの世にどれだけ存在しても良いですからね。

それからエナちゃんは水を得た魚のように、一呼吸でアステル殿下を称える詩を韻を踏みながら披露しました。

推しと出会った衝撃を、外国の人間だからこその真新しい視点で勢いよく述べたエナちゃんに対し、クラブルーム全体が割れんばかりの拍手を贈ります。

「素晴らしいわ！　ありがとう！」

「こちらこそ、受け入れていただけて光栄です」

「わたくしの脳内《イマジナリー》アステル様がおっしゃっています。『他国の姫君にまで応援してもらえるなんて、すっごく嬉しい！』と」

「まぁ！」

最終的に熱い握手を交わす二人。

私はほんの少しだけ寂しい気持ちになりましたが、拍手に参加しました。

エナちゃんはやはり逸材！

「それで、本日はどのようなご用件でしょう？　お二人とも入会希望でしたらこんなに嬉しいことはありません」

「あ、その、実は最近アステル様に沼落ちした新参者ゆえに過去のイベントレポートを拝見したくて……。大変図々しいお願いですが、お力添えをいただけませんでしょうか？」

「なるほど、そういうことでしたか」

クラリス様が目配せすると、部員の方がキャビネットの扉を開き、色とりどりの冊子を見せてくれました。

「持ち出しは厳禁ですが、好きに読んでいただいて構いませんよ」

「ええ⁉　でも、その、すみません。クラブに入会するかどうかはまだ迷っていて」

「内容を絶対に口外しないという誓約書を書いていただくことを条件に、非会員の方にも公開しています。ただ、偉大な先輩方が残してくださった貴重な資料もありますので、取り扱いには気をつけてくださいませ」

「いいのですか？」

「はい。みんなの騎士様ですから、素敵な思い出は共有いたしませんと」

その言葉に、私の胸はチクリと痛みました。

ネロくんとの思い出を、私は快く開示できるでしょうか。自信がありません。

魅力を語り出したら止まりませんが、いざ誰かに本気で好きになられると困るという、なんとも矛盾した心を抱えているからです。

「素晴らしいお心だと思います。あの、失礼をお許しいただけるならお伺いしたいことが……」

「どうぞ。なんでもおっしゃって」

「ありがとうございます。クラリス様ほどのご身分ですと、その、アステル様と個人的に交流がおありなのでしょうか？」

「エナちゃん！」

いくらなんでも踏み込みすぎです！

他の姫君たちもざわついていらっしゃるじゃないですか。

「よろしくてよ。むしろはっきりと聞いてくださって、清々しいくらいです」

クラリス様は悪戯《いたずら》っぽく微笑み、小さく息を吐きました。

「大変光栄なことに、幼い頃より顔を合わせる機会はありましたし、夜会などで声をかけていただくこともあります。ですが、それだけですよ。弁《わきま》えているつもりです。アステル王子の前では臣下の家の娘として、アステル団長の前では一人の姫君としてあるだけで、何も特別なことはございません。もちろん他の姫君に比べれば恵まれているのは分かっていますし、妬まれても仕方がありませんわね。でも、あの御方は生涯特別な女性を選ばないと決めているのですから、わたくしも皆様同様、夢を見ることもできません」

「クラリス様……」

「だからこそ、犬になりたいのです」

せつなげなため息とともに、また幻聴が聞こえました。

「これはジュリアン従兄様が零した愚痴なのだけど……ここだけの話にしてちょうだい。アステル様ったら、最近子犬を飼い始めたそうですの。推し騎士様が可愛い小動物を愛でる姿ぁー。もう見たくてたまらないわ。何かの間違いでわたくしに似た名前を付けてくださらないかしら。というか、どれだけ徳を積んだらアステル様に飼っていただけるの？　その子犬様は前世で世界でも救ったの？　神なの？」

全てにおいて恵まれている公爵令嬢が、一匹の子犬を羨んで涙声になってしまいました。

この異常事態を誰も突っ込まず、ただただ「分かる」と頷いています。もちろんエナちゃんも。

嘆くと同時にクラリス様はやさぐれました。だいぶお疲れのご様子。

「ああ、こういう情報も他のところで喋ると妬まれるのよ。副団長の身内マウントをとっているって。わたくしもジュリアン従兄様からマウントとられてますけど？　愚痴のフリしていつもアステル様の近況をドヤ顔で語られてますけど？　あの男の身内だと分かった瞬間に他の騎士様には怯えられるし、二推しのトーラ様にも警戒されるし、最悪なんですけど？」

クラリス様、なんて不憫な……。

私も正直、親族に騎士団幹部がいて羨ましいと思っていましたが、良いことばかりではなさそうです。

「本当は抜け駆けできるものならしたいのですよ？　公爵家令嬢の権限を全て使ってでも、アステル様の特別になりたい。でもわたくしがそれをやると、絶対に他の令嬢もやり出すでしょう？　それで一番お困りになるのは他ならぬアステル様。曇らせは嫌いではありませんが、自分が原因になるのは絶対にイヤ。アステル様に嫌われたら耐えられないし、『アステル様推しの民度低い』なんて嘲笑《あざわら》われた日には王家に顔向けできない……！」

「あの、貴族のご令嬢たちの間で身分を使って騎士様に迫る行為が禁じられていて、抜け駆けした場合は社交界で問答無用で袋叩きに遭うという噂はもしかして……」

「真実ですわ。騎士様の崇高な任務を妨げる行為ですもの。絶対に許されません」

「……それくらいしないと無法地帯になってしまいますもんね」

「ええ。唯一、相手の騎士様と両想いなら手は出されません。推し被りの皆様に恨まれるでしょうけれど、騎士様の幸せが第一ですもの。血涙を流してでも祝福するのが姫君の務め」

「血の涙を……」

「アステル様に関してはその心配はないと安心していたのですが、まさか子犬に情緒を乱されることになるとは……」

まだ子犬のことを引きずっています。

しかし嘆き疲れたのか、クラリス様の表情は聖母のように穏やかでした。

「さて、名残惜しいのですが本日は失礼いたします。午後の握手会のために身支度をしなければなりません。メリィさんも行くのでしょう？」

「は、はい、それはもちろん」

クラリス様の一言で周りの姫君たちも一斉にそわそわし始めました。

特にオレンジと黄色のアクセサリーを身に着けた、リナルド様とバルタ様推しの方々はみなぎっています。

「クラリス様も出向かれるんですか？」

「当然です。推し騎士様が参加せずとも騎士団の応援は欠かせません。それは団長であるアステル様の一助となるでしょうから」

「その通りですね！　メリィ、わたしも行くわ！」

「えぇ!?　それはもちろん構いませんが授業は大丈夫ですか？」

エナちゃんは少し間を空けて、「ダイジョブよ」となぜかカタコトで答えました。

多分危ない橋を渡ろうとしています。

友達としては止めるべきかもしれませんが、これは誰もが通る道。

今後の反省に活かしてもらうためにも、今回は気づかなかったことにして後でそっと救いの手を差し伸べましょう。


ほぼ同じ時刻に学校を出るということで、クラリス様やファンクラブの方々と一緒に握手会会場へ向かうことになりました。

エナちゃんは早速他の会員さんとも仲良くなっていて、お互いの推し騎士様の魅力について語り合っています。

彼女は一見して近寄りがたい美人さんなので、留学してすぐは学校になじめていませんでしたが、実際は喋りやすくて面白いので皆様の中心で話を牽引しています。

留学前、故郷では持ち前の気の強さも相まってよくトラブルに巻き込まれていたのだとか。

女子同士の湿った争いに辟易《へきえき》し、人間関係を一度リセットするためにエストレーヤに留学することを決めたと聞いています。すごい行動力……。

私は今でこそ明るくあるよう努めていますが、人見知りで引っ込み思案な陰の者。

初対面の方々の中にいると、失言が怖くて自分からは上手く喋れません。

それでも今日は楽しい時間を過ごせました。皆様優しい。


広場に着くと、すでにたくさんのファンや善意の民が集まっていました。

エナちゃんはせっかくだからとトップ騎士のリナルド様の列に並ぶそうです。

リナルド様はまた南部に行かれてしまうらしいので、王都で握手会をされる機会はしばらくなさそうですからね。

他のファンクラブの方々も、それぞれ推し騎士様の列に駆けて行きました。

私も意気揚々とネロくんの天幕を探したのですが……。

「……ここ、ですよね？」

いつもだったら開始時間には誰もいないのに、すでに十人以上の女性が列を作っているではありませんか。

学生もいれば、年上のお姉さん、はたまた母娘の二人組もいます。あ、男性も一名いました！

功績授与式の影響でしょうか。

こんなの初めてです。

先日のフリーな握手会とは違い、今回は魔力譲渡を伴うので一人の列にしか並べないのに。

しかも今日はトップ騎士様が二人も参加されるんですよ。

そちらに人が集まると思っていたのですが……。

自分がぷるぷると震えているのが分かりました。

ネロくんが世間に見つかった興奮、出遅れてしまった焦り、彼が遠い存在になってしまったような寂しさ、人気が出始めたことを純粋に喜べない自己嫌悪……。

なかなか列に並びに行けず、私は立ち尽くしてしまいました。

「メリィさん、わたくし今日はネロ様の握手会に参加したいと思っているのですが、ご一緒してもよろしいかしら？　ぜひ紹介してくださいな」

「え！」

ふと気づくと、すぐそばにクラリス様がいらっしゃいました。

白い日傘を畳み、私の手を引きます。

「ご存知でしょう？　ダブルチャンス制度。二人で会えば、持ち時間が二倍になりますわ。わたくしはご挨拶と握手をしたら席を外しますので、後はお二人で交流されるといいわ」

「そんな……よろしいのですか？」

「ええ。お気になさらないで。期待の新人騎士様が気になっておりましたし、そのお力になれることは騎士団のファンとして光栄なことですもの」

本当にクラリス様が聖母に見えてきました。

順番を待つ間の雑談は、当然騎士団関係の話題です。

「そういえば先日、寿退団した騎士様の結婚式が執り行われて、それはもう豪華だったそうですわ。リナルド様の魂のこもった祝福の歌は、涙あり笑いありで大盛り上がりだったとか」

「そ、それはすごいですね。想像もつきません……」

リナルド様は普段は本当にかっこよくて輝いているのですが、寂しいとすぐに泣いてしまうそうです。

そういうところが愛される所以《ゆえん》なのかもしれません。

放っておけなくなるのも分かります。

「寿退団……本当にあるんですね」

「しかもお相手はファンの方だったそうですわ」

「そ、そんな！　千回は夢に見た展開が現実に起こるなんて⁉」

「ええ、姫君にとって夢のようなハッピーエンドですわね」

二人揃ってため息を吐きました。

この列にいる誰かがネロくんと結婚することになったら、と考えるだけで人間の姿を保っていられなくなりそう。

騎士団の創設から約五年。

最近は結婚するため退団する騎士様も増えていると聞きます。

中には今まで応援してくれたファンへ説明するために、丁寧に会見を開かれる方もいらっしゃるくらい。

そこで語られるなれ初《そ》めは乙女心に刺さるものが多いです。

聞いた中で私が印象に残ったのは、元々友人だったとあるお二人のなれ初め。

星灯《エストルス》の騎士になった彼が多くの女性たちにちやほやされるのを見て、激しく嫉妬する自分に気づいた彼女。

しかし彼もまた、たくさんの女性に好意を寄せられても頭に思い描くのはいつも彼女のことばかり。

結婚適齢期になった彼女にお見合いの話が来たと知り、彼はいてもたってもいられず求婚したのだとか。

最初からフラグの立っていた二人には勝てないよ……と姫君たちは涙したそうです。

しかし最も多い寿退団の理由は、使い魔討伐で危険な目に遭って、愛に生きることを決意したというもの。

推し騎士様を案ずるあまり涙して送り出す人は多いですから。

厳しい戦いの中、あの人をもう泣かせたくないという気持ちが強まり、討伐後に退団して求婚する騎士様が多いようです。

恋愛絡みかどうかは分かりませんが、直近のカラスの使い魔討伐後も何人か辞められたと聞きました。

命懸けのお仕事ですので、引き際を定めるのは大切なことだと思います。

「メリィさんも、ネロ様と結ばれたいと思っていらっしゃるの？」

「え⁉」

「ぶしつけなことを聞いてしまって申し訳ありません。好奇心を押さえられず……。わたくし、こういうお話が大好きですの」

「いいえ、全然大丈夫です！　わ、私は……そうですね。ネロくんとお付き合いできたらっていう妄想はよくします」

一見しておとなしそうなインドア派に見えるのに、以前は狩人として野山を駆けまわっていたというネロくん。

もしかしたらデートもアウトドア派なのでは？

一緒にハイキングをしたり、たき火を囲んでお茶をしたり、夜空の星を数えながらお喋りしたい……。ロマンチック！

クラリス様はしみじみとため息を吐きました。

「分かりますわ。恋人になる夢は姫君ならば誰もが見ます。わたくしもよくアステル様と舞踏会を抜け出してバルコニーで星を数える妄想をいたしますもの」

姫君、星を数えがち。

そうではなく、とクラリス様は咳払いをしました。

「現実に、何か具体的な行動を起こす予定はおありなのかしら？」

「！」

具体的な行動というのは、おそらく愛の告白――交際の申し込みのことを指しているのだと思います。

姫君にとって、それは禁断の行動。

厳密には禁じられてはいませんが、あまり褒められた行動ではありません。

それは「騎士を辞めてほしい」というお願いと同義だからです。

冷や汗が背中を伝いました。

少し前、私はネロくんに「大好き」と告げてしまいました。

それは交際の申し込みではありませんが、「好き」という言葉自体を禁句とする厳しい姫君もいます。騎士様を惑わす行為は許さないということです。

クラリス様は柔和《にゅうわ》な笑みを浮かべていますが、目の奥が笑っていません。

多分私は試されています。

「今はまだ、考えていません。ネロくんは叶えたいことがあって星灯《エストルス》の騎士になったんです。告白しても絶対にフラれちゃうし、迷惑になると分かっていますから」

「そうでしょうか。名誉や財より愛を選ぶ可能性もあるではありませんか。実際、入団してもすぐ辞めて結婚された騎士様も過去にいらっしゃいましたわ」

「ネロくんの場合は、難しいと思います」

「そうなのですね。……すみません、もう一つ意地悪な質問をさせてくださいませ。もしメリィさんが我慢している間に、他の方がネロ様に交際を申し込んで成就してしまったら？　後悔しませんか？」

「あ、ありえません！　ネロくんは契約満了のその日まで、絶対に誰にもなびかないと思います！」

ネロくんは使い魔討伐に出て自分の命を晒すことになってでも、病気のお母様を救う道を選んだのです。

どれだけ魅力的な女の子に求愛されても断るはず。

目的半ばで騎士を辞すわけがありません。

もしも、ネロくんがお母様よりどこかの誰かとの恋愛を選んだら、誠に勝手ながら私は幻滅してしまうでしょう。

いわゆる解釈違いというやつです。

……敗北を認めたくないだけかもしれませんが。

「私は、ネロくんが目的を達成して騎士を辞める日まで待ちます。それまでは、ファンとしての好きしか伝えません。片想いでも死ぬほど楽しいので大丈夫です！」

想いを募らせるのは自由……ですよね。

「まぁ！　メリィさんは姫君の鑑ですわ」

「そ、そうでしょうか」

クラリス様は私を慰めるように、あるいはご自身に言い聞かせるように言いました。

「推し騎士様の夢が叶うその日まで負担にならない程度に想いを傾けつつも、握手会に通って無事をお祈りする。これこそ理想的な姫君だと思います。きっと騎士様たちも、そういう慎ましい女性を好まれますわよね？」

「は、はい！　そうであってほしいです。今はただ、見返りを求めず尽くしたいです。推し騎士様が生きて帰ってきてくださるだけで十分ですから」

激しく同意していただけたのか、クラリス様は何度も強く頷かれます。

その姿に勇気をもらいました。

「万が一、騎士を辞めた後に自分以外の誰かと結ばれても、死に別れよりもはるかに良い結果ですし。ネロくんが生きていてくれるだけでいいです！」

「……けなげ。あまりにもけなげですわ、メリィさんっ。大丈夫。きっと神様とネロ様はメリィさんの献身を見ていてくださっています。少なくともわたくしは応援いたしますからね！」

「クラリス様ぁ」

時と場所を考えずにたかぶってしまい、私とクラリス様は握手を交わしてハグをしました。

騎士様の握手会に来て、なぜ待機列でファン同士が熱烈な接触を？

何はともあれ、あと約一年と数カ月。

ネロくんの無事と、あわよくば少しだけ夢を見せてくれることを願って、私は握手会に通い続けるでしょう。


三十分ほど待って、ついに私たちの順番が回ってきました。

クラリス様とお話しして謙虚な心になったおかげで、天幕から出ていく楽しげな女性たちを見ても落ち着いていられました。

「次の方、どうぞ」

非番の騎士様がスタッフとして天幕の中へ案内してくださいます。

「あ……」

私と目が合った瞬間、ネロくんが淡く微笑みました。

きっと初対面の方々と喋って気疲れしていたのでしょう。

知っている顔を見ただけで安堵している様子に、心臓がきゅんと跳ねました。

同時に凄まじいスピードで脳が空回ります。

ああああああ！

今日のネロくんもかっこよすぎる！　騎士団服が最高で至高！

やっぱり無理！　がっつり夢が見たい！

私と結婚して！　ゆくゆくは同じお墓で眠らせて！

あ、あ、あ、もしかして髪切ってますか？　全体的に一センチくらい短くなってますよね!?

ダメですどう頑張っても隠せないこんなのみんな好きになっちゃう私だけのネロくんでいてほしかったのにもうムリ世間が見逃すはずがない――！

この神々しさを前にしたら、そりゃ使い魔も地に墜ちますよ。

ネロくんに撃ち落とされたなら本望でしょう。

微笑み一つで私のハートを撃ち抜いた美少年ですもの。誰も勝てません。

……ああ、生きていてくれて本当にありがとうございます。

全宇宙と母なるエストレーヤの大地、ご両親およびご先祖様。ネロくんをこの世に産んでくださった全てに全身全霊で感謝いたします。

「ど、どうしたのメリィちゃん。大丈夫？」

「メリィさん、戻ってきてくださいませ」

「ごめんなさい。ネロくんの存在に感謝を捧げていたら、意識が別次元に旅立ってしまいました……」

脳内細胞がかつてなく活性化して、この世の真理を見てしまった気分です。

私は自分のおぞましいほどの欲深さを思い知り、逆に悟りました。

ネロくんの全てが私を狂わせている。

謙虚で殊勝なことを頭で考えても、心と体が求めてやまない。抗うことは不可能です。

騎士を続けるネロくんの邪魔をするつもりはありませんが、誰かと結ばれる世界線はやっぱり受け入れられないと思います。考えられません。

「メリィちゃん？」

心配そうな顔で私の名前を呼ぶ彼に、ますます心が焦がれていきます。

「うぅ、今日も会えて嬉しいです。幸せ……っ」

ようやくネロくんの目の前に立ったところで感極まって泣いてしまいました。

ネロくんは慌て、クラリス様は冷静にハンカチを差し出してくださいます。

高価なハンカチを汚すわけにはいきません。私は謝辞を述べて自分のハンカチで目元を押さえます。

はぁ、恥ずかしい。メイクも崩れてしまって最悪です。

でも気分は最高なので問題ありません。

「大変失礼しました。もう大丈夫です」

「とても大丈夫そうには見えない……。あの、何か悩んでいることがあったら言ってね。俺じゃ力になれないかもしれないけど」

「何をおっしゃっているのですか。ネロくんは私を動かすエネルギーの全てですよ」

生きる糧とはまさにネロくんのこと。

戸惑うネロくんに申し訳なく思いつつ、私はそこで並び立つクラリス様を紹介しました。

これ以上お待たせするわけにはいきませんからね。

「こちらは学校の先輩のクラリス様です。ネロくんにお会いしてみたいとのことで、今日は一緒に来ていただきました」

見るからに貴族のご令嬢といった容姿のクラリス様に、ネロくんはどぎまぎしていました。

その初々しい反応を微笑ましげに眺めてから、クラリス様が淑女の礼《カーテシー》をします。

「こんにちは、初めまして」

「こ、こんにちは」

「先日の使い魔討伐では第四戦功の授与おめでとうございます。勇敢に戦って国を守ってくださったこと、一国民としてお礼を申し上げます。本当にありがとうございました」

「あ、えっと、応援してくださった皆さんのおかげです。こちらこそ、ありがとうございます」

「ふふ、これからも頑張ってくださいませ」

クラリス様が差し出した手を、ネロくんはぎこちなく握り返しました。

右手の紋章が紫色に光って、無事にクラリス様の魔力が譲渡されます。

手を離した際、クラリス様が首を傾げました。

「あら？　失礼。服に何か……」

「あ！　すみません。多分、犬の毛です。午前中に少し——」

ネロくんは袖口についていたふわふわの白い毛をつまみ、恥ずかしそうに俯きました。

私たちの動揺は凄まじかったと思います。

特にクラリス様は今までのお上品な雰囲気が崩れ、前のめりにネロくんに詰め寄りました。

「それはもしや！　最近アステル様が飼い始めたという子犬様では⁉」

「え、何で知ってるんですか？　あ、これ言って良かったのかな……」

「ご心配には及びません！　わたくし、クラリス・フレーミンと申します。ジュリアン副団長の従妹です！」

その瞬間、今度はネロくんがよろめいて、一歩下がりました。

自分の髪を庇うように指で触れている様は、まるで見えない何かに怯えているようです。

「はっ、あ、すみません。ふ、副団長にはいつもお世話になっていて……」

「こちらこそ、いつもご迷惑をおかけしております。子犬様の存在はすでにジュリアン従兄様から聞いておりましたので、情報漏洩の心配は不要です。それで？　ネロ様は子犬様にお会いしたのですか？」

「は、はい。今日の午前中にアステル団長が初めて本部に連れてきていて」

「どのような子犬なのですか⁉　どういった触れ合いを⁉」

ネロくんが気圧されていたので、私はやんわりとクラリス様を制止しました。

とはいえ、私も気になります。

子犬と戯れるネロくん……あまりにも見たい。

「えっと、白くてふわふわでコロコロした元気な子でした。団長がすごく可愛がっていて、犬も初めて来る場所にはしゃいでいて」

「まぁ、そうでしたか。アステル様の楽しそうなお顔が目に浮かびますわ」

「もしかしてネロくんも一緒に遊んだんですか？」

のほほんとした私たちに対し、ネロくんはそっと目を伏せました。

「……俺は少ししつけた」

え？　しつけ？

自分の行いを悔いるようにネロくんは大きく肩を落としました。

「全然言うこと聞かないし、見境なく吠えたりじゃれついたり、やりたい放題だったから……」

実はネロくん、村ぐるみで狩猟犬の世話をしていた経験がありました。その子犬のあまりのわんぱくぶりを黙って見ていられなかったようです。

通りがかった職員に噛みつこうとしたので、咄嗟《とっさ》に厳しく叱っておとなしくするように教え込んでしまった、と。

よくよく話を聞けば、アステル殿下が名づけに迷っていていろいろな呼び方で子犬を混乱させていたり、欲しがるだけ餌を食べさせていたり、悪戯をしても笑って許していたり、あまりよろしくない育て方をしていると判明したそうです。

「このままじゃ犬の健康にも良くないし、いろいろな人に迷惑をかけるってつい団長に苦言を呈してしまって……。犬と並んで一緒にしゅんとされてしまって心苦しかった」

「はうぁっ……!?」

その姿を想像したクラリス様が奇声を上げて口を押さえました。

しかし目は爛々《らんらん》と輝いています。

「すみません、出過ぎた真似をして……」

「そ、そんなことないと思います。ネロくんに調教してもらえるなんてご褒美ですし。アステル殿下も怒っていらっしゃらなかったんでしょう?」

「多分……。『ごめんな！　これからはたくさん勉強する。一緒に長生きしような！』って子犬を抱きしめてよしよししてた」

「ふっ……！」

今度は胸を押さえてうずくまるクラリス様。

あまりにも刺激が強くて気が遠くなったようですね。

ネロくんが本気で心配しています。

「大丈夫ですかっ!?」

「ええ、大丈夫。ときめきで眩暈がして……。わ、わたくしは、この辺りで失礼いたしますね。少し風に当たってこないと爆散しそうですわ」

「爆散⁉」

「よくあることです。お気になさらず」

不穏な言葉を残しながらも、どこか晴れ晴れとした表情でクラリス様は天幕から出ていかれました。

予期せぬ場所でアステル殿下の萌えエピソードを摂取できたので、ご満足いただけたことでしょう。

私も可愛い生き物に厳しく接するネロくんを想像して、めちゃくちゃ悶えてしまいました。

くっ、私も犬になりたい……！

「………」

クラリス様が去り、天幕に二人きり。

ネロくんは自分のした話でクラリス様がダメージを受けたと思っているようで、焦っています。

「クラリス様なら大丈夫ですよ。むしろネロくんのおかげで元気になったと思います！」

「そ、そうなんだ？　え、なんで……？」

きっと今頃あまり人に見せられない顔をしていらっしゃるはず。

私だったらじっくり一人で浸りたいので、そっとしておくのが正解でしょう。

今日はネロくんと交流できる時間を多くいただいてしまったので、クラリス様にも収穫があって良かったです。

「あと三分でーす」

外から声がかかりました。クラリス様のおかげで持ち時間が増えているとはいえ、それほど余裕はありません。

改めて二人で向かい合いました。

今日はいつにもまして本当にかっこよくてネロくんを直視できません。

ああ、でもせっかくの機会だから見ないともったいない……。

「あの、メリィちゃん。この前はありがとう。ノートを作ってくれて」

「いえ！　そんなの全然！　ごめんなさい、おかしなことを書いてしまって」

「た、たしかに少し面白いことが書いてあったけど……あのノートのおかげでトップ騎士の人たちと普通に話せたと思う。本当に助かったよ」

ネロくんにそう言ってもらえて、私は完全に舞い上がってしまいました。

推し騎士様の役に立てることは至上の喜びです！

「…………」

私は迷いました。

どうしてトップ騎士会議に呼び出されたのか、聞きたい……。

先ほどの子犬の話を聞く限り、アステル殿下との距離が近くなっているのも気になります。

しかし会議の内容なんて、どう考えても部外者に話してはいけないでしょう。無理に聞いたらネロくんを困らせてしまいます。

「それで、この前のトップ騎士会議で言われたんだけど」

「え！　私に話していいんですか？」

心を読まれたようなタイミングに私が驚くと、ネロくんはきょとんとしながらも頷きました。

「うん。メリィちゃんには言っておかないといけないと思って。団長たちにも許可は取ったから心配しないで」

「は、はい」

唖然としました。

まるでネロくんに特別扱いをしてもらっているような錯覚をしてしまって、落ち着きません。

「これからの使い魔討伐のために射手を育成したいみたいで、トップ騎士と連携が取れるように頑張ってほしいって言われたんだ。俺が今日からの訓練演習に参加させてもらうのも、その一環で」

「す、すごいです！　ネロくんの実力がアステル殿下に認められたということですよね。おめでとうございます」

この言葉に嘘はありませんが、最も大きな本心は口にできませんでした。

トップ騎士様との連携を深めるということは、使い魔討伐で最前線に立つということ。

今まで以上に危険な戦いを余儀なくされるのです。心配でたまりません。

「うん。俺、頑張りたい。騎士でいる間は全力でみんなの役に立ちたいんだ。だからこれから今日みたいな演習が増えるし、トップ騎士の魔物討伐任務にもできる限り同行することになると思う」

心臓が別のドキドキで潰れてしまいそうでした。

やる気になっているネロくんには申し訳ないですが、心配が勝って素直に応援できそうにありません。

それからネロくんは躊躇いがちに言いました。

「それで、その……メリィちゃんにはこれからもできるだけ握手会に来てほしいんだ。俺に一番力をくれるのは、いつだってメリィちゃんだから」

「……っ！　分かりました！　お任せください！」

「いいの？　今までだって毎回来てくれているのに、これ以上は負担じゃないかな？」

「負担だなんて！　ネロくんを応援するのは私の生きがいですから！」

「そ、そうなんだ……。そう言ってもらえると嬉しいな」

「これからも全力で応援させていただきます！」

秒で心の声を裏切り、私は力強く頷きました。

ネロくんは安堵の息を吐き、申し訳なさそうに目を伏せました。

「ありがとう。もちろん学業優先で、どうしても無理な時は大丈夫だから」

「いくらでも調整できますから！　必ず来ます！」

私は飛び跳ねながら答えました。

こんなふうに握手会に来てほしいとお願いされたのは初めてです。

ネロくんに頼りにされている。

たったそれだけのことで、このまま浮遊できそうなほど浮かれてしまいました。

これほど嬉しいことはありません。

「本当に、俺はメリィちゃんに助けられてばっかりだな……。何も返せていないのに」

「違いますよ。ネロくんは私の心の支えなんです！　私のほうこそ、もらってばかりです」

国を守るために、お母様のために、周りの人に迷惑をかけないために、ネロくんはいつも全力で頑張っています。

きっと山や森で狩人をしているほうが天職で、性格的には星灯騎士団《エストルス》のような特殊な仕事は向いていないのに、いつだって一生懸命。

そんな優しくてかっこよくて頑張り屋さんなネロくんのことを、勝手に好きになって応援しているのは私の都合です。

むしろ楽しい気持ちにさせてもらっているわけですし、ネロくんが申し訳なく思う必要はまったくありません。

推し騎士様と想いが通じ合って結婚できる方は本当にごくわずか。

夢を見るのは自由ですが、ほとんどの姫君は見返りなんてなくても握手会に通うわけで――。

「残り一分です」

その声に、私たちははっとしたようにどちらともなく手を差し出しました。

いつものようにぎゅっと握手をして、魔力を譲渡します。

好き、大好き、いつでもどこにいてもあなたの無事を心からお祈りしています。どうか怪我なく帰ってきてください。

「我が騎士に、聖なる加護を」

右手の紋章が紫色に光ると、ネロくんがその場に跪きました。

「……我が姫君に、必ずや成果を」

訓練時用の返礼のセリフをいただき、私はほっと息を吐きました。

触れ合う手から伝わる熱を感じながら彼に見上げられるこの瞬間は、何物にも代えがたい幸福な時間。

ネロくんが危ない目に遭うのは嫌ですが、握手会の頻度が増えるのはやっぱり少し嬉しいから困ってしまいます。

感情の置き場を見失って、どれが本心なのか自分でも分かりません。

「メリィちゃん」

ネロくんは立ち上がり、私の手をもう一度両手で包み込んでから、天幕の外にいらっしゃるはずのスタッフさんに聞こえないような小声で囁《ささや》きました。

「この前のノートのことも含めて、今度お礼をさせて」

「え」

「きみの望みをなんでも一つ叶えるから考えておいてほしいんだ」

「っ！」

思わず悲鳴を上げそうになりました。

聞き間違い？

私ったら、妄想のしすぎでついに存在しない記憶を捏造した？

しばしネロくんと見つめ合います。

彼はほんの少し頬を赤らめて、じっと私の返事を待っていました。

夢じゃない？

いえ、信じられません。

そんな、望みをなんでも叶える、なんて……。

脳裏を埋め尽くす薔薇色の光景に、私は一瞬でダメになりました。

ええ、それはもう完膚なきまでに言語化してはいけないようなことを考えてしまったのです。

乙女失格!!

「ネロくんは私を爆散させたいんですか!?」

「えぇ!?」

心臓が震えるように脈を打ち、血液がマグマのように熱くなって今にもほっぺあたりから爆発しそう！

そこでちょうど時間切れになり、私は逃げるように天幕を後にしました。

ネロくんに叶えてほしいことなんて、無限にあります。

恋人になってほしい、デートしてほしい、抱きしめて口づけを……ダメです！

この辺りは恋愛禁止の騎士様にお願いできることではありません。

クラリス様に言った言葉を忘れたのかというくらいの手のひら返し！

というか図々しすぎて、ネロくんの前で口にすることすらできませんし、ノートや魔力を差し出したくらいで要求していいことではありません。

では、また私のためにパンケーキを焼いてほしい……この辺りのお願いなら許されるでしょうか。

でもせっかくの機会ですし、唯一無二の思い出になるようなことがいい！

あ、一緒に写真を撮ってほしいというのは？

正確にいえば、世界に一枚だけの特別なネロくんの写真が欲しいのですが……これもあまり良くないですね。

万が一、他の方に異性とのツーショット写真を見られたら、ネロくんがあらぬ疑いをもたれて騎士団をクビになってしまうかも。

ネロくんはまだ撮影イベントに呼ばれたことがありませんし、ごまかせません。

ネロくんの立場を守りつつ、自分の欲望を満たすお願い……なんて難しい。

いっそのこと、辞退すべきだという気さえしてきました。

本当に私のしてきたことで、ネロくんからお礼をしてもらう必要なんてない。

見返りを求めていると思われるのも恥ずかしいですし、変な前例を作るとネロくんが他の姫君にも特別なお礼をするようになってしまうかもしれません……。

大体、ネロくんはどういう意図であのようなことを？

たしかに素敵な夢を見たいと願ってきましたが、いきなりこんな特大のご褒美を与えるなんて困った騎士様です。段階を踏んでいただかないと心が壊れてしまいます。

いくらなんでもファンを甘やかしすぎですよ。

私が調子に乗ってとんでもないことを要求したらどうするつもりなのでしょう。

驚いて照れて、その後は……嫌々言うことを聞いてくれたりして。

それはそれで見てみたい！

いえ、ネロくんに迷惑をかけるつもりはありませんが、私の一言でネロくんがどういう反応をするのか片っ端から試してみたいという願望は常に持ち合わせていて――。

「メリィ、メリィ！」

「え？」

気づくと、目の前で父が手を振っていました。

「やっと反応した」

私は周囲を見渡して首を傾げました。

ここは自宅のダイニングですね。

対面の席に父と母が座っていて、テーブルにはカットフルーツと紅茶が用意されていました。

これはおそらく食後の一品。

はて？

握手会会場から自宅までの記憶がほとんどありません。

お腹の空き具合から夕食を食べ終わっていると思うのですが、一体何を食べたのでしょう。

……我ながら怖いです！

「メリィったら、帰ってきてからずっとうわの空。今日の観劇の話を聞いてほしかったのに」

「ご、ごめんなさい、お母様。今日はちょっといろいろありまして……」

「握手会でしょう？　どう？　聞けた？」

「なんの話だい？」

今朝の婿養子うんぬんの話を思い出し、私は必死で首を横に振りました。

聞いていませんし、父に聞かせるのはどう考えてもまずいでしょう！

「お、お父様！　お仕事は順調ですか？」

「え、ああ。また大口の取引が成立しそうだよ。メリィが手伝ってくれたおかげだ」

父の仕事は、魔物の素材を利用した商品の開発と販売。

スライムから作った発光する絵の具、トレントから作った油とり紙、獣系魔物の毛皮のホットカーペット、スケルトンの骨を削り出して作った楽器など、一見すると不気味なラインナップですが、これがお金持ちに高く売れるのです。

素材自体は星灯騎士団《エストルス》のおかげでたくさん流通していますし、今のところ競合相手も少なくて特許申請中のものばかり。

身内びいきを差し引いても、父は発明と商売の天才と言わざるを得ません。

私が生まれたばかりの頃はかなりの借金があったそうですが、今では完済して小金持ちになっていますから。

私は時間のある時に経理関係の事務をしてお小遣いをもらっています。

もちろん本職の方のお手伝い程度ですが、仕事が山ほどあるせいか事務所ではいつも歓迎してもらえます。

「メリィに頼まれていた〝推し色の光が爆《は》ぜるクラッカー〟も、もうすぐ完成しそうだよ。音は控えめで熱も出ない。安全性もばっちり」

「本当ですか！　お父様天才。絶対に売れますよ！」

「でもこれを商品化しようと思ったら、国と騎士団にお伺いを立てないとね。大規模なイベントで使われるとみんながびっくりして、さすがにちょっと危ないかもしれないからなぁ」

たしかに、大観衆の中で未知のクラッカーを鳴らしたら混乱が起こるかもしれませんね。

事前に説明するか、いっそ騎士団側で使っていただいたら盛り上がると思うのですが。

「とりあえず試作品が完成したらメリィにあげるよ。色は――」

「紫で！」

「はいはい」

「あ、あと赤も数個ほしいです。お友達や先輩にも試してもらっていいですか？」

「持ち帰らせず、メリィがいるところで使ってもらえるならいいよ」

「ありがとうございます！」

我が父ながらとんでもないものを作り出してくれました。

応援グッズや騎士モチーフの商品は数多出ていますが、魔術要素を練り込んだ商品は専門の知識が必要なのでなかなか売っていません。

魔術が苦手な平民の姫君でも使えるとなれば、かなり売れるのでは？

騎士団からお許しが出ないと商品化は難しいとのことですが、父にはぜひ頑張ってもらいたいです。

ファンとしても娘としても、騎士団と取引できるようになったら誇らしいですもの。

「もう、メリィばっかりずるいわ。私にも何か面白いものをくださいな♪」

「そうだな。結婚記念日も近いし、またお揃いで何か作ろうか」

「ふふ、じゃあ同じ意匠《いしょう》のブローチとネクタイピンはどうかしら？　デザインは私が考えるから」

「それは嬉しいな！　きみのセンスは素晴らしいから」

隣り合う席でいちゃつき始めた両親からそっと目を逸らします。

年齢を重ねてもラブラブな理想の夫婦像ではありますが、少しは娘の目を気にしてください。

しかし、私の脳裏に何か引っかかるものがありました。

お揃い……。

なんて甘美な響き。特別感がすごいです。

「それです！」

世界に二つだけの特別な品を、ネロくんとお揃いで身につけたい！

それを私からプレゼントしたいです。

物は何にしましょう？　ネロくんに半端な品物は贈れません。
「お父様！　少し早いですが〝アレ〟を私に譲ってくださいませんか？」
思いついてしまったら、もう止まりませんでした。
ファンとしての常識や良識を置き去りにして、私は早速動き出しました。
行動を実行するかどうかはネロくんに会う直前の冷静な私が考えれば良いのです。
ごめんなさい、未来の私。

第五章　悩める騎士の訓練演習

☆☆☆

俺は盛大にため息を吐いた。

メリィちゃん、どうして逃げ帰ってしまったんだろう。

「おーい、ネロ。ネロくーん」

「わっ……リナルドさん」

「さっきから暗い顔をしてどうした？　アステルの愛犬を秒で屈服させた時の覇気はどこにいったんだい？」

「……その話はもう勘弁してください」

「悪い悪い。でもちゃんと食っておかないと体が持たないぞ。今日はこなさなくちゃいけないメニューが鬼のようにあるんだ。鬼のようなジュリアンに出されたノルマがさぁ」

「すみません」

眩しい朝日を背負って、リナルドさんが俺の肩をポンと叩いた。

ああ、すごく頼もしい。トップ騎士ってやっぱりかっこいいな。

握手会から一夜明け、俺たちは今、王都の南にある休耕中の農地にいた。

今日はここで訓練演習を行う。

朝食をとった後、農地に大量の魔力を流し込んで、ミューマさんとジュリアン様が共同開発したという演習用のゴーレムを数体起動する。

使い魔討伐を想定した訓練だから、ゴーレムは自重で崩れるギリギリまで巨大化して襲い掛かってくるらしい。

大変な訓練になりそうだけど、演習後の土には魔力の残滓《ざんし》が宿って大地の恵みになるし、最後にゴーレムに土を耕してもらえば農民たちも助かるということで、良いこと尽くし。

ジュリアン様が考案する訓練メニューはいつも合理的だ。

「何か悩みがあるなら、俺に話してみな」

「……えっと、いえ、別に」

「なるほど。恋の悩みだな！　任せろ、得意分野さ！」

リナルドさんから頼もしさが薄れ、軽さが際立った。

数年来の友人のような気安さで肩を組まれるともう逃れられない。

この人の距離感にはまだ慣れないな……。

「もしかして昨日の握手会、例の子が来てくれなかったとか？」

「いえ、来てくれました」

「そうか、俺もネロの好きな子見てみたかったな」

「ですから、まだ好きというわけでは――」

「ああ、残念だ。全然列が途切れなくて様子を見に行けなかったぁ。いやー本当に残念だ！」

リナルドさんはちっとも残念そうではなかった。

久しぶりに会う王都の姫君たちにちやほやしてもらったせいか、肌が艶々している。

「バルタは？　ネロに激ラブな姫君、見た？」

「そんな暇あるかよ」

「えー!?　気にならない？」

「興味ねぇし、オレんところもリナルドと同じくらい人が並んでただろうが」

少し離れたところに座っていたバルタさんが呆れたようにため息を吐く。

相変わらずトップ騎士の人気はすごかった。

貴族も平民も関係なく、お二人に会う数十秒のためにたくさんの人が並んでいたらしい。

「昨日は盛況だったからな。ネロのところにも結構人が来たんじゃねぇか？」

「あ、はい」

二人と比べれば全然少ないけど、俺の天幕にも開始前から列ができていて驚いた。

こんなことは今までなかったから、やっぱり功績授与式の影響ってすごいんだな。

もちろん嬉しい気持ちはある。

でも、恥ずかしさや自分なんかにという申し訳なさ、プレッシャーのほうが大きい。

たくさんの人に期待を寄せられる……応えられなかった時が怖い。

それに、なかなかメリィちゃんが顔を見せてくれないからやきもきした。

もしかして今日は並ばなければならないから来てくれないかもしれない、と頭の隅で不安に思いながら他の女性と握手をするのは罪悪感が凄まじかった。

……いや、昨日握手会に来てくれた人のほとんどは、騎士団全体を応援している箱推し勢みたいだから大丈夫だと思うけど。

ノーマークだった俺が急に戦功を挙げたから、気になって会いに来たとはっきりと言ってくれた人もいた。

今のところ、俺のことを本気で応援してくれるのは、やっぱりメリィちゃんしかいないと思う。

使い魔討伐の時も含めて、最近はいろいろな人と握手をしたから、受け取る魔力で相手がどれくらい俺に好意を持ってくれているかなんとなく分かるようになった。

……自惚《うぬぼ》れてしまいそうになるけど、やっぱりメリィちゃんから譲渡される魔力量はずば抜けている。

昨日、初めて上級貴族のご令嬢――クラリス様と握手をしてはっきり分かった。

クラリス様から譲り受けた魔力も多かったけど、メリィちゃんはその何倍もの魔力を俺にくれている。

もしメリィちゃんも上級貴族で元々の魔力量が多かったのだとしても、さすがに公爵家のご令嬢であるクラリス様を大きく上回ることはないだろう。

大昔からエストレーヤ王国では、魔力が強い者が率先して魔物や災害から民を守り、土地を治めてきた。今でも魔力の強さがそのまま身分階級に当てはまることが多い。

たしか代々国の重役を担うフレーミン公爵家は、王族の次に貴《とうと》い血筋。

魔力量が全てではないけれど、フレーミン家の血には強い魔力が宿っていることは確実だ。

そんなクラリス様より譲渡する魔力が何倍も多いということは、メリィちゃんが相当強い想いで俺を応援してくれているということだ。

改めてそれを再確認して、俺は嬉しくなってしまった。

メリィちゃんは本当に優しくて可愛い。

日頃の感謝を伝えたくて、もらっているもののほんの一部でもお礼がしたくて、俺は彼女に望みを一つ叶えると告げた。

……どうやらそれが良くなかったみたいだ。

姫君としての良識を重んじるメリィちゃんを惑わせるようなことをしてしまって、本当に申し訳なく思う。

「そのままファンが増えるといいな。ま、一定数で変な奴がいるから気ぃつけろよ」

「そういう言い方は良くないぞ！　姫君はみんな違ってみんな可愛いの！」

「へいへい。だが、ファンとは一線を引くべきだろ」

「一生懸命応援してくれているのに冷たくなんてできないよ」

「ほどほどでいい。優しくしすぎて期待させるなってことだ」

俺はおずおずと顔を上げた。

目の前には数多のファンを抱える歴戦のトップ騎士が二人もいる。

これ以上メリィちゃんを困らせないためにも、恥を忍んで相談してみよう。

「あ、あの。質問をしてもいいですか？」

「おお、なんだなんだ」

「自分を応援してくれている姫君にお礼をしたくて。お二人だったら何をしますか？」

以前ジェイ先輩に似たような相談をした時は、「使い魔討伐で活躍するといい」と教えてくれた。

それ以外にも何か俺にできることがあれば……。

リナルドさんは白い歯を見せて流し目で答えた。

「熱っぽい瞳で見つめ、至近距離で微笑みかけて感謝の言葉を伝えた後、とびきり甘い声で名前を囁く！」

ダメだ、参考にならない。

そんなことをメリィちゃんにしようものなら、俺のほうが羞恥で爆散する。最後まで格好つけていられる気がしない。

「リナルドよぉ、そりゃただのファンサービスだろうが」

「サービスなんて、そんな！　俺はいつだって本気さ！」

「あー、そうかい。でもネロのキャラじゃねぇだろ。礼なんて言葉で伝えれば十分だ。わざわざ特別な何かをする必要はねぇと思うぞ。いつもと違うことをされたらファンだって混乱するだろ」

バルタさんの返答は真っ当だ。

騎士と姫君という関係を保つ以上、過度な接触は厳禁ということだろう。

やっぱり俺は、メリィちゃんに言ってはいけないことを言ってしまったみたいだ。

「ははーん。さてはネロ、すでにやらかしたな？」

「！」

どうしてリナルドさんはこうも鋭いんだろう。

みっともなく動揺する俺に対し、二人は悪い笑顔を浮かべて両側から体を拘束してきた。

そして、トップ騎士の圧力と巧みな話術によって俺は口を割らされた。

「なんでも一つ望みを叶える、か……。ネロ、軽率だったな」

「わー！　ネロがいろんなことを一気に卒業しようとしてるー！」

「べ、別に俺はただお礼がしたかっただけで、変なことは何も」

「自分を愛してくれている相手に、『なんでもする』って言っておいて⁉」

「だな。相手が何を要求してくるか分かんねぇだろうが。言質を取られてんだ。強引に迫られて、お前に突き離せるのか？」

メリィちゃんに強引に……？

あ、ダメだ。メリィちゃんに上目遣いでお願いされたら、絶対に流されてしまう！

いけない妄想を消し去るために俺は首を大きく横に振った。朝から何を考えてるんだ。

「だ、大丈夫です。メリィちゃんは多分良家のお嬢様だし、そんな大胆なことはしないはずです。きっと可愛らしいお願いをされるだけで――」

「甘いな。女に夢を見るな。男ばっかりがオオカミじゃねぇんだよ」

「同意。ネロに貢いでる魔力量を考えるに、相当愛情深い子だろ？　重たいお願いをされる可能性は大いにあるな」

「密会する部屋を借りようとか」

「石膏《せっこう》で全身の型取りをさせてほしいとか」

「自分の名前を入れ墨で彫ってとか」

「樹海で二人だけの結婚式を挙げようとか」

バルタさんもリナルドさんも真顔だ。え、もしかして体験談？

なんだか当初の懸念とは別のことが心配になってきた。

メリィちゃんが困るどころかノリノリでお願いを考えていたらどうしよう。

俺に応えられることだといいけど……。


その後の訓練は頑張って雑念を振り払った。

リナルドさんの縦横無尽の槍さばきとバルタさんの力強い突進と守り、先輩騎士たちの攻撃動作。

距離を取ってそれらを見ながら、ゴーレムの頭に曲射で何本か矢を打ち込む。

鈍重《どんじゅう》なゴーレムに当てることはできたけど、あまり魔力を込められなかった。

タイミングを考えて放ってはいるものの、万が一味方に当たったらと考えてしまって思い切れない。

『どんなに腕が良くても、最前線に射手はいらない。邪魔だ』

『理由になっていない。まぁ、トーラの気持ちは分かる。背後から射られるのが心配ってことだな？』


トップ騎士会議でのアステル団長とトーラさんの会話が頭をよぎる。

俺の存在が前線の騎士たちのノイズになってはならない。

地上戦は想像以上に難しかった。

誰にも怪我をさせずゴーレムに当てられるだけすごい、と先輩たちは励ましてくれたが、大きな課題が残る結果になってしまった。情けない。


「じゃあな、ネロ。くれぐれも女の子を泣かせるなよ。ちゃんと契約満了で退団したら、南部のデートスポットを山ほど教えてやるから」

「は、はい、ありがとうございます。気をつけます」

「あと、ミューマとは仲良くしてやって。トーラも根は悪い奴じゃないから嫌わないでくれ。ジュリアンは口うるさいけど間違ったことは言わないし、アステルは意外と子どもっぽいから子犬とも面倒を見て――」

訓練演習後、リナルドさんはたくさんの要求を残し、そのまま南部の支部へと帰っていった。

南北支部への配属は数カ月から一年ほど。

今度リナルドさんと一緒に戦うのは使い魔討伐の時かもしれない。

周年式典の時にまた会えるけど、行ったり来たりで大変だな。

「オレも北部に行く準備をしねぇとな。トーラと交代なんだ」

「そうなんですか」

王都へと帰還する道すがら、バルタさんが教えてくれた。

「北の雰囲気は嫌いじゃねぇ。美味い酒もあるしな」

「俺の同期もつい最近まで北部にいて、暮らしやすかったと言ってました。戦争の爪痕ももう残ってないと」

「北部解放戦か。オレも当時はガキだったからあんまり覚えちゃいねぇが……そうだな。いつまでも俯いてる奴はいねぇな。英雄が不在でも北部は復興した。王都よりも血の気が多くて賑やかなくらいだぞ」

剣呑《けんのん》な光を帯びる瞳に少しドキドキした。

北部解放戦は、エストレーヤ王国における現状最後の内乱のことだ。

約十八年前、鉱山開拓をしていたとある貴族領主が資源を他国に横流しし、徐々に北部一帯の貴族を買収して支配圏を増やし、秘密裏に軍備を増強。王都へ侵攻する計画を進めていることが判明した。

当時の王女殿下——現女王陛下率いる王家の征伐軍は、砦《とりで》に籠城する北部反乱軍を破り、多くの犠牲を出しながらも反乱を鎮めた。

俺が生まれる前の戦いだけど、故郷の村が北部寄りだったこともあって、両親や村の大人たちはよく当時のことを子どもたちに語り聞かせていた。

「人間同士じゃなく、魔物や使い魔との戦いに専念できるなんざ、平和な時代になったもんだぜ」

俺は深く頷いた。

人間同士で殺し合うなんて考えたくない。

誤射で味方に当てるのはもちろんだけど、戦争で狙って人間を射るのも嫌だ。

星灯騎士団《エストルス》の敵が魔物や使い魔で良かったと、俺は心の底から思った。

第六章　周年式典のキセキ

♡♡♡

「今年も星灯騎士団《エストルス》の周年式典の季節がやって参りました。五周年ということもあって今年の催しは一味違うとか。すでに社交界でもその話題でもちきりです」

クラリス様が神妙な表情でそう述べました。

「そんな……！　ますます倍率が上がってしまうじゃないですか！」

「絶対に行きたいわ！　アステル様にお目にかかれる貴重な機会だもの！」

「初参加者にも平等なくじ引き形式の抽選なのは有難いですが……」

「怖い！　当たっても外れても人間の形を保っていられる自信がないわ！」

私とエナちゃんはまだ見ぬイベント抽選に戦慄しました。

ネロくんを推すようになって初めての周年式典。

基本的にはトップ騎士様が前面に立たれ、下位騎士たちは運営のお手伝いをするだけらしいのですが、ネロくんは新人でありながら使い魔討伐で活躍をしています。

スポットライトが当たる可能性は十分ありますし、他の騎士様がお名前を出してくださるだけでも嬉しい。

絶対に参加したい！

しかし会場の席には限りがあり、希望者全員が参加できるわけではありません。

周年式典の観覧チケットは完全抽選。

王都、北部、南部の三カ所で同日同時刻に抽選会が開かれ、見事当たりを引き当てた選ばれし者だけが参加できる。

貴族も平民も関係なく、全ては運に託されるわけです。

「ところでクラリス様は、もしかしてお席が用意されていたり……？」

エナちゃんが猛獣の眼光を宿しながらも、嫋《たお》やかな声音で問いかけます。

公爵家のご令嬢であり、副団長ジュリアン様の従妹であるクラリス様。

たしかに、そのような方まで抽選に参加されるのでしょうか？

クラリス様は長いまつ毛を伏せ、すっと顔を背けました。

「わたくしは、毎年関係者席で観覧させていただいています」

途端にピリつくクラブルーム。

私とエナちゃんの心に、嫉妬という名の黒い靄《もや》が立ち込めます。

「べ、弁明をさせてくださいませ！　たしかに抽選もなく式典に参加できるなんて、ズルいと言われても仕方がありません。ですが、関係者席はステージから最も遠い位置にありますし、父親同伴かつ国の重鎮に囲まれている上、女王陛下や王太子殿下とも距離が近いのですよ!?　その状態ではしゃげると思います⁉　毎年毎年、呼吸困難になって死にそうですわ！　わたくしだって、できることなら皆様と一緒に歓声を上げたり目が合ったと興奮したいのに、お上品に拍手することしかできないなんてっ！」

「それは……」

「想像するだけで息苦しい」

クラリス様の必死の弁に、羨ましい気持ちが少し萎《しぼ》みました。

考えてみれば、女王陛下のお近くで息子であるアステル様への愛は叫べませんね。

強い理性が求められますし、イベントに没入できないというフラストレーションは計り知れません。

クラリス様は乾いた笑みを浮かべました。

「それに……一人でも抽選参加者が減ったほうが、皆様にとっては喜ばしいのではありませんか？」

おっしゃる通り、クラリス様が関係者席に座る権利を放棄したところで、私たちには縁のない話。怒るのは筋違いというものです。

「それはそう」

「本当にそうですね」

「お二人にはぜひ式典に参加していただいて、後日感想を語り合いたいですわ！　当選を心から祈っております！」

「ありがとうございます。徳を積んで必ず当選してみせます。ベストを尽くさないと！」

「データ収集から神頼みまで全部やりますよ！」

それから私たちは今までのイベント抽選に関する情報を調べ上げ、どうすれば当選確率が上がるか討論し、過去当選した姫君にゲン担ぎの方法を教えていただくなど、万全の対策を行いました。

待っていてくださいね、ネロくん。

絶対会いに行きますから！

☆☆☆

「ねえ聞いた？　オーディションの話」

訓練帰り、俺とクヌートはリリンの声に振り返った。

「オーディション？」

「ああ、私は聞いているぞ。次の周年式典でやる新たな催しに関わることだろう？」

首を傾げる俺に、二人は説明をしてくれた。

「あのね、来月行われる五周年式典でトップ騎士を中心に、ファンを喜ばせるために大掛かりなパフォーマンスをやるんだって！」

「そもそもネロはこれまでの周年式典の様子も知らんだろう。例年だと前半に厳かな式典を行い、後半はトークショーやゲームなどの催しを通じて国民を楽しませ、日頃の献身に報いるんだ。基本的に下位騎士が目立つことはないがな」

「なんだかすごそうだね。整列して団歌を歌ったり、アシスタントとして手伝うのは聞いていたけど……今年はもっと大掛かりなことを？」

リリンが得意げに胸を張った。

「今年は騎士団創設から五周年の節目の年だからね。去年までとは一味違う！　なんと！　歌って踊るライブパフォーマンスをするんだよ！」

「ライブ？　え、騎士団歌で？」

「違うよー。周年式典のために用意されたアップテンポな新しい曲を披露するんだって！　メインはトップ騎士だけど、コーラス兼バックダンサー部隊を希望者の中からオーディションで選ぶんだよー！　すごくない？」

何万人もの観客の前で楽器の演奏に合わせて踊り、拡声の魔術具を使って歌う。

それも決まった振り付けがあり、歌もパート分けされていてそれぞれ違うのだとか。

一体どういうパフォーマンスをするのか、歌劇すら観に行ったことのない俺には想像もできなかった。

「ボクはオーディションを受けるつもりだけど、二人はどうする？」

リリンは参加を熱望しているようだ。

こういうお祭りごとが大好きだって言っていたもんな。大きな瞳がキラキラしている。

「私も受けてみるか。騎士団に貢献できる上に、王都の民に顔を覚えてもらう良い機会だからな」

「ふぅん。クヌートに歌って踊れるのー？　合唱や社交ダンスとは違うんだよー？」

「侮るなよ。最低限の嗜《たしな》みはある」

リリンは旅芸人として働いていた経験があるし、クヌートは名門貴族の子息としてあらゆる分野の英才教育を受けてきた。

二人とも基礎は十分にあり、人前でも物怖じしなさそうだ。

一方、俺は楽譜を手に取ったこともないし、踊りの経験もない。

何より大勢の観客の前では、立っていることすら緊張してしまいそうだ。絶対に向いていない。

「ネロは？　そんなに難しい振り付けじゃないっていうし、挑戦するならいろいろ教えてあげる！一緒に出ようよ！」

「ありがとう。でも、俺はやめておくよ」

「絶対楽しいのにー！」

「こういうものは得手不得手がある。仕方ない」

「二人ならきっと受かると思う。応援してる」

俺だけ不参加なのは少し寂しいけど、オーディションで一人だけ落ちるのも気まずいし、万が一数合わせで受かってしまって本番でみんなの足を引っ張るのは嫌だ。

当日は裏方の仕事もたくさんあるだろうから、そちらを頑張ろう。

この時の俺はそう思っていた。

「大変！　ネロ、ホールに来て！　メリィちゃんが泣いてる！」

騎士カフェの厨房で皿洗いをしていたところにリリンから一報が入り、俺は慌ててホールに向かった。

メリィちゃんは今日もエナちゃんと一緒に窓際の席に腰掛けていた。

しかし様子がおかしい。

メリィちゃんはハンカチを目頭に当てて、すんすんと肩を揺らしているし、エナちゃんで、ぼうっと虚空を見つめている。

というよりも、店内の雰囲気がいつもと違う。

やけに浮ついているというか、熱っぽいというか、どの姫君もギラギラして興奮気味だ。

泣いているのはメリィちゃんだけではなく、リリンは他の泣いている姫君の応対に行ってしまった。

メリィちゃんに会うのは、俺が握手会で「お願いをなんでも一つ叶える」という提案をした時以来。

顔を合わせづらかったけど、今はそれどころじゃない。

「ど、どうしたの？　二人とも、様子が……」

「ネロくんっ！　きょ、今日、周年式典の抽選会だったんですっ」

「ああ、それで……」

そういえば今日は騎士団の事務局員が全員駆り出されるくらい大規模な抽選——くじ引き大会が

行われる日だった。

毎年、王都中から人が詰めかけてかなり大変らしい。

熱心に応援してくれているファンはもちろん、一般国民も周年式典には興味があるようで、普通のイベントよりも当選確率が下がる。

人気の騎士が一堂に会する滅多にない機会。その光景を見たいと思うのは理解できる。

「もしかして二人とも……」

チケットがご用意されなかったのかな。

「わたしは自引きして当てました。この強運の反動が恐ろしい……っ！　まだ先の話なのに今から待ち遠しくて魂を飛ばして放心状態です」

「お、おめでとう。えっと、じゃあ、メリィちゃんは……」

「……私はハズレました」

しゅんと肩を落とすメリィちゃんに、なんて声をかければいいのか。

俺には特別な出番はないし、席によってはどこにいるかすら分からないだろう。行けなくても落ち込むことはないと思う。

……なんて、俺の口からは言えないな。

それに、俺以外の騎士や今年だけの特別なパフォーマンスにも興味があるのかもしれない。だとしたら、ちょっと複雑な気持ちになるけれど。

実は、騎士たちは招待用のチケットを渡されている。

家族や友人を呼ぶためのものだけど、入院中の母を呼べるはずもなく、俺には渡す相手がいない。

こっそりメリィちゃんにプレゼントしようかな……バレたら怒られるかもしれないけど。

日頃のお礼に願いを叶えるという約束は生きているし、これでメリィちゃんが泣き止んでくれるなら……。

「メリィちゃん、あの――」

「でも、お母様が当ててくださって！　転売は重罪ですが、家族間でチケットを譲るのは大丈夫みたいなので、拝み倒して譲ってもらったんです。これでネロくんに会いに行けます！」

メリィちゃんは小声で俺にそう告げると、笑顔で涙をこぼした。

なるほど、紙一重でイベントの参加権を得て感極まって泣いちゃってたんだね。

俺に会いに行くも何も、今目の前にいるんだけどな……と告げるのは野暮な突っ込みだろう。

肩透かしを食らいつつも、ほっと息を吐いた。招待チケットは弟と妹がいるジェイ先輩にあげよう。

「じゃあ二人とも式典に参加できるんだ。良かったたね」

「はい。二人のうちどちらかしか参加できないとなれば、友情にヒビが入るところでした」

メリィちゃんの言葉に、エナちゃんも深く頷いている。

こんなことで、と思われるかもしれないけど、姫君たちにとってはデリケートで深刻な問題だろう。

とりあえず、メリィちゃんの涙が悲しいものでないなら良かった。

俺は胸を撫でおろし、厨房に戻るために「じゃあ、ごゆっくり」と踵《きびす》を返しかけた。

「あ、あの。今年は特別なことをすると噂になっているんですけど……本当ですか？」

「ごめん、詳しいことは言えないんだ」

「そ、そうですよね！」

「何も知らないほうがきっと楽しめると思う」

「！　では当日まで楽しみにしておきます。ふふ、寿命が延びますー」

メリィちゃんの瞳が期待で輝いている。

目尻が涙で濡れている分、いつもよりもキラキラして見えた。

とても可愛いし、メリィちゃんが幸せなら俺も嬉しい。

だけど、どうしよう。

こんなに魂を削るようにしてチケットを入手したのに、当日俺が全然活躍しないと分かったら……。

自惚れかもしれないけど、メリィちゃんはがっかりするんじゃないか？

エナちゃんはかっこいいアステル団長をたくさん浴びられたのにって、比べて落ち込んでしまうかもしれない。

バックダンサーのオーディションは終了してしまったから、もうチャンスはない。

これから当日まで膨らみ続ける期待を裏切るくらいなら、先に裏方だということを伝えて心の準備をしてもらったほうがいい。

「あの、メリィちゃん。俺は……」

「あっ、こんなことを言ったらプレッシャーですよね！　だ、大丈夫です。ネロくんが前に出るのが苦手なことは分かっていますから！　ネロくんの初めての周年式典にご一緒できるだけで満足です。同じ場所で同じ空気を吸えますし！」

全てを悟ってしまったのか、メリィちゃんはぎこちなく笑った。

先ほどまでの幸せな笑顔とは程遠い、悲しそうな微笑み……。

その顔を見て、俺の中に無視できない感情が生まれた。

周年式典を明日に控え、俺は本部の大鏡の間でリリンの練習を手伝っていた。

本来は武器の構えや素振りの型を確認するために用意された部屋だけど、最近はダンスの練習室として貸し出されている。

俺の手拍子に合わせてリリンが軽やかにステップを踏み、可憐な笑顔を振りまく。

最後のポーズもピタッと決まって仕上がりは完璧だ。

「ふぅ、どうだった？」

「ばっちりだと思う。可愛いしかっこいい」

「えっへん！　じゃあ次、ネロが踊ってみて」

「あ、うん」

リリンと場所を交替し、今度は俺が鏡の前に立った。

俺は今回のサプライズライブに出演することはできないけれど、あるかもしれない次回のために
リリンと一緒にダンスを練習することにした。

「いいよ、前よりリズムに乗れてる！　あ、でも表情が硬い！　手の振りも小さくなってるよー！」

ダンスは奥が深かった。

頭で考えていては間に合わず、体に振りを覚えさせないと動けない。

それでいて音楽に合わせたり周囲とぶつからないようにポジションを移動したり、目線や指先、
ターンのスピードなど、同時に意識しなければならないことが多すぎる。

普段はしない激しい動きの数々に最初は羞恥心がすごかったけど、この部屋で練習している騎士
たちはみんな真剣で、恥ずかしがっているのが失礼に思えた。

それに、少しずつできるようになると……楽しいかもしれない。

音楽に乗って体を動かすなんて村の祭りでもしなかったから知らなかったけど、心まで躍ってい
る気分になる。不思議な感覚だ。

ダンスが騎士の本分である戦いの役に立つかは分からないけど、体の軸を意識したり、リズム感
を身に着けるのは悪くないように思える。

この経験が時間の無駄にならないように、俺が頑張ればいい。

息を切らしながら一曲踊り終わると、リリンが大きく頷いた。

「うん！　なんとか形になってる。でももっと自信を持って。素人感がすごいよ」

「う……素人だよ、俺は」

「それもそっか！　あーあ、惜しかったねぇ。その気になるのがもう少し早ければ、一緒にステージに立てたかもしれないのにー」

一応リリンは残念がってくれた。

オーディションを受けられていても俺の完成度の低いダンスでは、ステージに立つことは許されないだろうけど……。

でも……うん。今度こういう機会があったら、思い切って頑張ってみよう。

人前に立つのも何かを表現するのも得意ではないけれど、メリィちゃんをがっかりさせるのは嫌だから……。

もっとも俺が歌ったり踊ったりしたところでメリィちゃんが喜ぶかは分からない。むしろ中途半端なものを見せて失望させてしまう可能性もある。

それよりも、今回のサプライズライブを見て、メリィちゃんが他の騎士に心を奪われてしまったらどうしよう。トップ騎士たちはもちろん、リリンもクヌートもかっこいいから心配だな。

「ちょっと！　絶対嫌ですってば！」

「うるせぇ！　てめぇしかいないんだよ、上官命令だ！」

「大丈夫、ジェイ先輩ならできます！」

騒々しく練習室に入ってきたのは、トーラさんとジェイ先輩、そしてクヌートの三人だった。

珍しい組み合わせ……というわけでもないか。

たしかトーラさんとジェイ先輩は同い歳で、剣を扱うという共通点がある。意外と仲が良いのかもしれない。

「どうしたんですか？」

「おお、ネロ！　ここにいたのか。ちょうど良かった。貴様も明日の舞台に一緒に立つぞ！」

「え⁉」

クヌートは俺の肩を叩き、嬉々としてトーラさんに報告した。

「ネロはもともとのメンバーではありませんが、ずっと一緒に練習をしていたのでダンスは覚えています。他の方よりはまともに動けるはずです」

話が読めない。

俺が説明を求めると、トーラさんは面倒くさそうにしつつも教えてくれた。

「今朝の緊急魔物討伐任務で怪我人が出て、バックダンサーが二名舞台に立てなくなった」

「えっ、大丈夫なんですか⁉」

「ただの捻挫と脳震盪《のうしんとう》で治療済みだ。整列くらいなら大丈夫だが、激しく動くのは難しい。だからジェイに代わりを務めてもらうことにした。てめぇも仕方ねぇから採用してやる。衣装のサイズも合いそうだし、色も問題ない」

突然のことに俺は言葉を失う。

一方ジェイ先輩は遠慮なく抗議した。

「だから、俺の意志は⁉　大体俺はネロと違ってダンスの振りなんて覚えてねぇんだけど！」

「お前なら何回か見りゃ真似できるだろ」

「いやいやいや、無理無理無理！　そんなリスクを冒《おか》すくらいなら、バックダンサーの人数減らしてやればいいじゃないっすか！　大体なんでトーラさんがそんなやる気になってんすか？」

「やる気なわけないだろ。俺はただ、少しでも観客の視線を分散させたいだけだ。壁だ、壁。道連れになれ」

「はぁ!?」

珍しくというよりも、ジェイ先輩がキレているのは初めて見た。

そんなに人前で歌って踊るのが嫌なのかな。

……嫌だろうな、こんないきなり連れてこられて。

ジェイ先輩は騎士の中でもずば抜けて運動神経が良い。休憩中のお遊びでアクロバットをしているのを見たことがある。

狩人をしていた俺と違って戦闘とは無縁だったのに、容姿と背の高さから騎士にスカウトされ、少し剣を習っただけで入団試験もパスしてしまったらしい。

ものすごく器用だし、トーラさんの言う通り本当にすぐに踊れるようになると思う。

渋るジェイ先輩に、トーラさんは舌打ちした。

「人数減らした急ごしらえのフォーメーションでやるのは、こいつらには負担だろ。後輩たちを助けると思って気張れよ」

リリンとクヌートがじっとジェイ先輩を見つめる。

急なメンバー交代に、二人は少なからず動揺しているのだろう。

よく知っていて頼もしいジェイ先輩が代わりを務めてくれれば安心できると思う。

「……本当に横暴っ。これじゃ断れねぇじゃん」

これ以上後輩の前で駄々をこねるのが躊躇われたのか、ジェイ先輩は抵抗を諦め、代わりに俺の首に後ろから腕を回す。

「よし、ネロ。明日までに下手すぎて目立たないように上達するぞ。それと、狩人仕込みの気配の消し方教えてくれねぇか？　頼むわ」

役に立てなくて申し訳ないけど、森の中でステップを踏む狩人なんていない。無理だ。

というか、ごく自然な流れで俺も参加することが決定している気がする。

引き受けるなんて一言も言っていないのに。

どうしよう。心の準備ができそうにない……！

♡♡♡

「ついに！　この日がやってきましたね、エナちゃん！」

「えぇ、メリィ。待ちに待ちすぎてもう終わることを想像して泣きそう！」

「分かります‼　数週間、この日を心の支えに生きてきましたからね。明日から何を楽しみにすればいいのか……。いえ、先のことなんて考えず、今をめいっぱい楽しまないともったいないですね！」

私とエナちゃんは、それぞれ推し騎士様のエンカラのワンピースを着ています。

すなわち、私は紫、エナちゃんは赤。

多少デザインは違いますが、同じお店に買いに行きました。

髪飾りは色違いのお揃いリボンです。

朝からエナちゃんを私の家に招待して、お母様とお手伝いさんにヘアメイクをしてもらいました。

気合入りまくりです。

「今日のメリィ、お姫様みたいね」

「エナちゃんこそ、あまりにも高貴な美しさに思わず跪きそうです」

「うふふ」

「えへへ」

もちろん、クラリス様を始めとしたファンクラブの姫君たちにご指導いただき、マナーを守った装いです。

大荷物を持って来たり、髪を盛って高さを出したり、不安定なヒールの靴を履いたり、強い香りの香水を付けたりなどなど……周りの迷惑になりそうなことはしていません。

自分も周囲の姫君もストレスなく楽しめるイベントであれと願っています。

それに、マナーが悪かったなんて思われたら、今後騎士様たちに顔向けできませんからね！

「おめかしはバッチリ。チケットも忘れてないわね？」

「もちろんです。まさか席を隣同士にしてもらえるなんて思いませんでした」

「早めにチケットの引き換えをして良かったわね」

「エナちゃんと一緒に楽しめますし、お互いが興奮しすぎて倒れた時にはフォローできますね」

「万が一に備えて涙用のハンカチと鼻血用のガーゼをポシェットに忍ばせてきたわ」

「え！」

私も偶然同じものを持ってきていることを告げると、エナちゃんは瞳に涙が滲むほど笑いました。

早速ハンカチの出番です。

「それにしても、お祭り騒ぎですね！」

「そうね。ここまで楽しいお祭り、そうないわよ！」

まだ開場まで時間があるので、私たちは広場を散策することにしました。

イベント日仕様の広場には飲食店はもちろん、グッズを売っている屋台もあります。

私たちと同じように推し騎士様のエンカラコーディネートに身を包んだ姫君や、普段とは違った装いの民たちで賑わっていて、非日常感がすごいです。

「ねぇ、メリィ。朝はほとんど食べられなかったからお腹が空いたわ」

「そうですね。何か食べましょう。今日はエネルギー消費が激しくなりそうですし」

私とエナちゃんは騎士カフェ出張店の屋台に並んで、推しジャムパンを購入しました。

「これはオレンジ……うん、マーマレードが美味しいわ！」

「私はメロンジャムです！　綺麗な黄緑色ですね。初めて食べました」

パンの中に入っているジャムの種類はランダムで、推し騎士様のエンカラが出たらいいなと思って割ってみましたが、どちらもお目当ての色ではありませんでした。

それでもパンもジャムも美味しくて、私たちは無心で平らげてしまいました。

甘いものが興奮した脳によく染みます。

「…………」

屋台の売り子にもしかしたらネロくんがいるかも、と期待を寄せていたのですが、姿は見えません。やはりいつものように裏方のお仕事をしているのでしょうか。

そういえばリリンちゃんやジェイ様の姿もありませんでしたが、カフェで顔なじみの騎士様が私を見て意味深に微笑んだのが気になります。

決して嫌な感じはしませんでしたけど、なんでしょう？

「あ、グッズの列もだいぶ短くなりましたね。行ってみます？」

「もちろん！」

この周年式典のチケットはとても安く、なんと紅茶一杯分くらいの値段なんです。

諸々の手数料を考えれば実質無料でしょう。

その分グッズを買って騎士団にお金を払いたいという姫君が多いようで、公式グッズ売り場は大盛況です。

ちなみにエナちゃんのお目当てのアステル殿下関連グッズは、販売開始三十分で売り切れたらしく、私たちが広場に来た時点で《売切》と案内板に書かれていました。日の出とともに並んだ人しか買えなかったとか。

エナちゃんは「いいのよ。私みたいな新参者よりも、昔から推している方や遠路はるばるやってきた人に譲らないとね！」と言いながら涙目になっていました。

親友に幸あれと願わずにはいられません。どうか受注生産で再販してください！

個別グッズがまったくないネロくん推しの私は、グッズについて無関係。

もしかしたらそれは幸運なことなのかもしれません。

いえ、ネロくんのグッズは喉から血に染まった手が出るほど欲しいですが……。

「やはりトップ騎士様のグッズはもう残っていませんね」

「でも、応援グッズはまだあるじゃない。……すみません、この赤いリストバンドとフラッグをください」

「あ、じゃあ私も紫色の同じものを！」

それぞれ色違いの応援グッズを身に着け、準備は万端。

私たちはそわそわと入場列に並びました。

「間もなく開場時間になりまーす！　チケットをご準備ください。荷物検査へのご協力もよろしくお願いします！」

入場口の騎士様に拡声魔術で呼びかけられ、周囲の興奮が高まっていくのを感じます。

ああ、ネロくん。

あなたは今、どこで何をしていますか？

今日のイベント、ネロくんにスポットライトが当たることはないかもしれません。

それでも、この特別な日にほんの一目で良いのでお姿を拝見したいです。

欲を言えば目を合わせて微笑んでくれたら最高なのですが……。


会場内に入った私とエナちゃんは、にこにこと自分の右手の甲を見ていました。

入場時、チケット確認済みの証として右手にスタンプを押してもらえたのです。

星灯騎士団《エストルス》のマークがうっすらと押印され、魔力を注げば好きな色に着色できるそう。この簡易魔術、すごく凝ってます！

早速私は紫、エナちゃんは赤色に着色しました。

「紋章こそ違いますが、騎士様とお揃いみたいで嬉しいです！」

「ええ、一生このままでもいいくらいよ。数時間で消えちゃうなんてもったいないわ」

「普段から真似したいですが、どういう仕組みなんでしょう？」

「これ、新しい魔術実験の一環なのよね？」

「そういう説明でしたね。こんな形で協力できるならいくらでもって感じです」

私とエナちゃんはチケットを見ながら、案内板通りに進みました。

「アステル様に近いお席、アステル様に近いお席……」

「エナちゃんってば強欲。ですが、祈りたくなる気持ちは分かります」

「だって！　次にいつこんな機会に恵まれるのか分からないのよ！　少しでも近くでお顔を拝見し

たい！」

「ですね。あわよくばファンサも欲しい……」

イベントにおいて、ステージの配置と座席位置は最重要ポイント。

ネロくん推しの私にはどこが良席になるか予測不可能ですが、エナちゃんは違います。

団長であるアステル殿下はメインステージのセンターに多く立たれることでしょう。

メインステージの場所と自分たちの座席の位置関係によっては、御姿がよく見えない可能性もありますが、はたして。

「え、神席では⁉」

「花道も近い！」

チケット番号通りのブロックと通路を進んだところ、我々の席はステージに近いアリーナ席でした！

大半の座席は闘技場の外周に設けられているスタンド席なのですが、アリーナ席は普段騎士様たちが訓練を行っている平地にわざわざ椅子を並べて設けられています。ステージは見上げる形になりますね。

アリーナ席であっても位置によっては騎士様が見づらくなっていたでしょうが、私たちの席は花道の近く。

もしこの細い花道を騎士様が通るのなら、目が合ってもおかしくない距離です。

「ど、動悸と眩暈が」

「わたしも。い、一回座って落ち着きましょう。……あら？」

ステージばかり見ていて気づきませんでしたが、座席の上に何かが置いてあります。

「お花？」

「素敵。騎士様からの贈り物ってこと？」

全員の座席に、半透明の不思議な硬い質感の小さな造花が置かれていました。

花の種類はそれぞれで、エナちゃんの席には薔薇、私の席にはチューリップ。

よくよく見れば会場の至る所に看板が立っていて、《花はしまわずご観覧ください》と書いてあります。

しっかりとした造りなので、小さい子が多少振り回しても壊れなさそう。

茎の部分を持って騎士様に向かって振ることを想定した応援グッズの一種のようです。

「可愛い……！」

もしかしてこれが、今回の式典の特別な何かなのでしょうか。

観客全員にプレゼントなんて、途方もない費用と労力がかかっていそう。

このお花をいただけただけでも、周年式典に参加した甲斐がありました。

ネロくんから贈られたってことでいいですよね。

持ち帰れるなら祭壇に飾りたいです。

開演までまだ時間があり、私とエナちゃんは小声で話をしていました。

「前、失礼します」

「すみません」

「どうぞどうぞ」

隣に私たちよりも年上であろう二人組のお姉様が座られました。

お互いさりげなく身に着けているグッズの色を確認します。

お姉様たちが纏っているのは青とオレンジ。……おそらくトーラ様とリナルド様推しでしょうか。

「ごめんね、私たちうるさくしちゃうかも」

「迷惑だったら遠慮なく言ってね」

私とエナちゃんは揃って恐縮します。

「こちらこそ、途中で泣き出してしまうと思うので……！」

「えー、そんなの普通よ。大丈夫。あなたはアステル様推し？」

「は、はい！」

「まごうことなき世界の宝よね。存在が奇跡」

「全国民の誇り」

お姉様たちは心臓に手を当て、しみじみと言いました。

「そちらのあなたは……紫？　じゃあ――」

エンカラが紫色の騎士様の名前が何名か挙がりますが、私はその全てに首を振ります。

「新人騎士の……ネロ・スピリオくん推しなんです。ご存知でしょうか？」

お姉様たちは揃って「ああ！」と頷きました。

「知ってる知ってる！　この前、第四戦功を授与されていた騎士様ね！」

「気になってたの。今度握手会に行ってみてもいい？」

「もちろんです！　応援よろしくお願いします！　とても優しくてカッコイイんですよ！」

でも推し変はしないでくださいね、と心の中で付け加えながら私はネロくんの魅力を伝えました。

「新人騎士様か……懐かしい。リナくんが入団したばかりの頃を思い出すなぁ。すごくキラキラしてた」

「羨ましいわ。トーラは創設時からのメンバーだから、そういうエピソードがないのよね」

「わたしは先日初めてリナルド様の握手会に参加したんですけど、とても素敵な騎士様でした！　爽やかで優しくて！」

「でしょでしょー？　この式典が終わったらまた南部に行っちゃうから、今日はめいっぱいリナくんを摂取しないと。まあ、月に一度は南部まで会いに行ってるんだけど」

「トーラ様は北部から戻られたばかりですよね？」

「そうなのよ！　ずっと帰りを待っていたの。王都帰還直後にトーラが参加するレアなイベントを観られるなんて……幸せすぎる！」

ひとしきりお互いの推し騎士様や今日のイベントについて語っている間に、あっという間に時間が過ぎました。

「間もなく星灯騎士団《エストルス》創設五周年式典を開始いたします。着席してお待ちください。やむを得ず席を離れる場合は、お近くの係員にお申し出くださいますようお願いいたします。なお、使い魔が出現するなど緊急事態が発生した場合、式典を途中で終了させていただく可能性がございます。予めご了承ください。有事の際は魔術による避難誘導灯が点灯しますので、係員の指示に従い避難をお願いいたします」

アナウンスが流れると、私たちは一斉に黙りました。

楽しみすぎて体が震えてきました。

ああ、ついに式典が始まります！

オーケストラが奏でる荘厳な音楽とともに、騎士様たちがメインステージの上手から入場されます。

昂った悲鳴が聞こえましたが、すぐに拍手の音が上回りました。

握手会やファン向けのイベントでは笑顔を振りまいてくださる騎士様たちが、今は真剣な表情で整列しています。はしゃぐのはまだ早いようですね。

私の自慢の視力をもってしても、ネロくんの姿は見当たりません。後列に並んでいるのでしょう。

レアな儀礼用の騎士団服姿をお目にかかれないなんて悔しい……！

一方、先頭に立つアステル殿下は表情がしっかり分かりました。

いつものにこやかさはなく、凛とした佇《たたず》まいです。オーラがすごい……。

心配になって横目でエナちゃんを見ると、瞬きすら惜しいというようにアステル殿下を凝視しています。

「これより、星灯《エストルス》騎士団創設五周年式典の開会を宣言する！」

「皆様、ご起立ください」

絶妙なタイミングでジュリアン様に促され、私たちはすっと立ち上がりました。

「女王陛下、ならびに王太子殿下に敬礼！」

アステル殿下の号令に合わせ、メインステージの対面、最も遠いスタンドの席にスポットライトが当たると同時に、全騎士様が一斉に跪くようにして騎士の礼を取りました。一糸乱れぬ動きに惚れ惚れします。

女王陛下と王太子殿下が関係者席に入られたようです。

私たちはそれに倣って、王族の方々に礼をしました。

身分や性別によって礼の仕方はそれぞれ違いますが、敬愛の気持ちは一緒。

女王陛下からのお言葉はなく、「楽にせよ」と手で合図をくださいました。

さすがにこの距離だと表情は分かりませんが、たったそれだけの動作で星灯《エストルス》の騎士たちと、ここに集まっている国民たちを慈しむ心をたしかに感じます。

見惚れてしまって、近くの関係者席にクラリス様の御姿を探すのを失念してしまいました。

「ご着席ください」

続いて、祝辞紹介。

上位騎士の方々が順番に朗読していきますが、皆様とんでもなく良い声です。耳が幸せ。

女王陛下、王太子殿下、宰相閣下、軍の元帥閣下などの自国の重鎮だけではなく、隣国の王族からもお祝いのコメントが届いていました。

使い魔の被害が激しかった頃は迷惑をかけることもあったようなので、騎士団の活躍は喜ばしいのでしょう。

「続きまして、この一年の我々の成果をご報告いたします」

次はジュリアン様から星灯騎士団《エストルス》の活動や使い魔の被害について発表がありました。

星灯騎士団《エストルス》が誕生してからというもの、使い魔の被害は激減しましたが、ゼロではありません。

使い魔の出現直後に襲われ、命を落とした民は少なからずいます。

過去百五十年分の累計被害者の数には、胸が締め付けられる思いがしました。

「魔女の使い魔によって命を落とした全ての者たちへ——黙祷」

観客の多くは立ち上がり、いただいた花に祈りを込めるように握りしめて哀悼の意を示します。

いつか絶対、騎士様たちが魔女を打ち倒して仇《かたき》を取ってくださいます。

我々国民はこうして強く願い、信じることしかできないのが歯がゆいですね……。

「これより退団式を行います。名前を呼ばれた者は前に整列を」

この一年は騎士団内での戦死者はいませんが重傷者は多数出ており、怪我などで戦えなくなった騎士様は、この式典を以て正式に引退されます。

数名の名前が読み上げられ、代表者が前に出てアステル殿下から直々に勲章を授与されました。

誰もが知っているような、ずっと前線で活躍されていた方です。

「今までよく一緒に戦ってくれた。これからはどうか、体を大切にして幸多い人生を歩んでくれ」

「アステル団長……。悲願を達成なさるその時までお供できず、申し訳ありません。あなたと戦場を駆けたことは生涯の誇りです」

惜しみない拍手と感謝の声。

嗚咽も聞こえますし、ともに死線を駆け抜けたであろう騎士様たちも涙をこぼしています。その姿に私も目頭が熱くなりました。

リナルド様なんて引退される騎士様の一人に縋《すが》りついて号泣されていますね。

噂に違わぬ涙腺の脆《もろ》さ。

……これはリナルド様を甘やかしたくなる姫君がいるのも分かります。

「騎士団歌斉唱！」

オーケストラの勇ましい前奏の間に騎士様たちは涙を拭き、前を向いて歌い出しました。

希望の灯火を決して絶やさない、という歌詞が染みます。

それにしても、私は今ネロくんの歌声を浴びているのですね。

聞き分けもできませんし、歌っている姿も見えませんが、全てイマジナリーで補完できます。最高に美容に良いです。

実はこの団歌、一番は騎士様のみが歌唱し、二番からは観客も一緒になって歌って良いという暗黙の了解があります。

「――――」

私もエナちゃんも今日までに騎士団歌をばっちり覚えてきました。

歌詞は情報誌に記載されていたもので、楽譜は有志の耳コピによって作成されたもので練習しましたが、特に問題なさそうです。

ありがとうございます、先達の姫君！

というわけで、私は今、ネロくんと歌声を重ねています。

……感無量！

五年目ともなれば、団歌を覚えている人も多いですね。

会場全体が震えるほどの大合唱になり、アステル殿下を含む騎士様たちが笑みを浮かべています。

歌が終わると、余韻で体が痺れました。

なんかもう、満足感がすごいです。

「団長挨拶。……アステル様、よろしくお願いいたします」

ジュリアン様から促され、アステル殿下はまず女王陛下たちがいらっしゃる関係者席を仰ぎ、それから観客席をぐるりと眺めました。

「本日は、我々星灯騎士団《エストルス》の創設五周年を記念する式典に御臨席いただき、また、多大な祝福の言葉を賜りまして、ありがとうございます。騎士一同、日頃のご支援と併せて厚く御礼を申し上げます」

アステル殿下と同じく、後ろに並んでいた騎士様たちも恭しく礼をしました。

今度は女王陛下たちだけではなく、我々国民への感謝も含まれています。

そんなそんな。命懸けで国を守っていただいてますし、良い夢も見させていただいてますし、むしろお礼を言いたいのはこちらのほうです！

恐縮する観客の気配を感じ取ったのか、アステル団長は顔を上げて微笑みました。

「本当に感謝してる。……この五年間を振り返ると感慨深いな。間違えたこと、喪《うしな》ってしまったもの、やり直したいことがたくさんあって、後悔は数えきれない。それでも、騎士団を結成したからこそ守れたものもある。それもこれも、みんなの応援のおかげだ。いつも心配かけて泣かせてごめん。今日は絶対にみんなを笑顔にして帰すから！」

その言葉を合図に、宙に色とりどりの花火が打ち上がりました。

火の魔術の応用ですね。とても綺麗……！

「星灯騎士団《エストルス》ファン感謝祭！　開幕‼」

☆☆☆

厳かな式典が終わり、打って変わってファンのための感謝祭が始まった。

ステージには話上手な上位騎士が残り、場を繋いで会場を盛り上げている。

それ以外の騎士は一旦退場し、この後行われるトップ騎士メインのクイズ大会の準備に追われていた。

本当なら俺の出番はここで終わり。

後は先輩の着替えを手伝ったり、クイズで使う小道具を確認したり、会場を巡回して見守ったり、裏方の仕事をする予定だった。

それなのに、俺はどうして控室に戻ってライブ用の衣装に着替えているんだろう。

一晩経ってもまだ実感が湧かない。

「急にこんなことになってごめんな。……大丈夫か？」

怪我をして俺と交代することになった先輩が声をかけてくれた。

先輩はたくさん練習していた。こんなことになってしまって悔しいだろう。

何より俺に対して罪悪感を抱いていそうだ。

「大丈夫です。先輩みたいに上手く踊れませんけど、俺にできる精一杯で頑張りますから！」

「ネロぉ……顔色が悪いぞ。無理はするなよ。とりあえずコーラスの確認するか？」

「……お願いします」

そう。ダンスだけではなくコーラスもしなければいけない。

最悪口パクでもいいと許可されているけど、近くにいる観客には歌っていないのがバレてしまうし、それは申し訳ないので、できるだけ声は出そうと思っている。

幸い、リリンたちの練習を見学していたおかげで歌詞とメロディは大体覚えていた。

ただ踊りながら歌うのは難易度が高い。

ユニゾンで主旋律を歌うところもあるけれど、基本的には部分的なハモリや合いの手だ。

リハーサルではダンスと立ち位置を覚えるのに必死で全然歌えなかった。

見学していた先輩たちにも「今にも死にそうで可哀想だった」「見ていると心が痛む」という感

想をいただいたくらいだ。全然ダメみたい。

イベントの最後を飾るサプライズライブまであと一時間と少し。

どこまで上達できるだろう。

今までまともに歌ったことがないし、身近に歌い手もいなかった。

だから狩りの時の笛の音、コモモコマドリの鳴き声、自分が美しいと思う音色を想像しながら精一杯歌う。

「よしよし、発声は悪くないと思う。音程も取れてるぞ」

「本当ですか？」

「ああ。後はもう少し自信を持つんだ。堂々としていれば上手く見える！」

ふと周囲を見れば、リリンもクヌートも緊張しているのか口数が少なくなっていた。

ジェイ先輩も立ち位置の移動を入念に確認している。

緊張しているのは俺だけではない。

それゆえにステージ裏にはピリピリとした空気が流れていた。

ステージに立った時のことを考えると、頭が真っ白になりそうで怖い。少し冷静にならないと……。

例の演出のこともあるのに、段取りが飛んでしまわないか不安で仕方がない。

「お、やってるな。ご苦労さん」

「ネロはいろいろと〝持ってる〟よね」

出番を控えているはずのバルタさんとミューマさんがやってきて、声をかけてくれた。

二人とも最初はライブに反対だったと聞くけれど、丸め込まれて参加することになったらしい。

バルタさんは俺と同じく表情が死にがちで、ミューマさんは演出のために魔術を使うからとほとんどのダンスから逃げたという。

それでもリハーサルでは息が揃い、ほどよく力が抜けていてかっこよかった。

人前に出ることに慣れているからかな？

「まぁ気楽にやれ。ネロは基本的にリナルドの隣だろ？　あいつの動きがうるさすぎて、客もそっちしか見ないと思うぞ」

「そうであればいいんですけど……リナルドさんの隣だと下手なのが目立ちそうで」

練習を見ていて思ったけど、ダンスも歌もアステル団長とリナルドさんが頭一つ抜けて上手かった。講師の先生も「天才だ」って褒め称えていたくらい。

もちろん、ほとんどの観客はリナルドさんや他のトップ騎士に注目して俺に目もくれないと思う。だけど、たった一人だけ、俺のことだけを追ってくれそうな姫君がいる。

下手だとか、ダサいとか、思われたくない。

こんな中途半端な状態をメリィちゃんには見られたくないけど、せっかくだから見てほしいという気持ちも少しはある。というか、気づいてもらえなかったら普通に悲しい。

「トップ騎士の皆さん！　そろそろ袖で準備をお願いします！」

呼びかけを受け、バルタさんとミューマさんは「お互い頑張ろう」という言葉を残して去っていった。

お二人はライブまでずっとステージに立たないといけない。俺よりずっと大変だ。

「恋愛解禁されるなんてズルい！　俺を置いて行かないで‼」

「ズルくないの！　さっさと行けよ！　引退の感傷に浸らせろ！」

「行くぞ、リナルド。姫さんたちが待ってるからなー」

途中、バルタさんが立ち止まり、引退する騎士たちと言い争うリナルドさんの首根っこを掴んで引きずっていった。全然緊張してないみたいだ。すごいな。

「……もう一度最初から通しでお願いします」

俺は先輩に再度チェックをお願いした。

今更恥ずかしがったり、怯えたりしていられない。

やると決まった以上、全力を尽くさないと迷惑をかける。

メリィちゃん。俺、頑張るから！

♡♡♡

アステル殿下とジュリアン様を除くトップ騎士四名。

彼らをリーダーにした四チーム対抗のクイズ大会は、大盛り上がりです。

メインステージの後ろに設置された大鏡に、魔術によって騎士様たちの姿が大きく映し出されていました。

遠くの席の観客にも騎士様たちの仕草や表情がよく見えていることでしょう。ミューマ様が開発した新魔術とのことです。

「第四問。分かった者から挙手してください。騎士カフェで大人気のメニューといえば、当然アステル様考案のスイーツセットですが……南部の都市リンピアで流行中のスイーツといえば？」

「はいはいはい！」

ジュリアン様が出題し終わってすぐ手が挙がりました。

「お、リナルド！　自信がありそうだな。解答は？」

「虹ふわフラッペ！　これは食べたことある！」

リナルド様が元気よく解答し、判定係のアステル殿下が笑顔で「○」の札を上げました。

「正解だ！　これでリナルドチームにも一点入ったな」

「はっはっは！　流行に関することなら任せてくれ！」

珍回答を連発していたリナルド様の初めての正解ということで、姫君たちが大喜びでオレンジ色のフラッグを振り、それ以外の姫君もお花を振って祝福しました。

司会進行役のジュリアン様が補足事項を読み上げます。

「虹ふわフラッペは、凍らせた七種類のフルーツを細かく削り、特製ソースをかけた氷菓子ですね。リンピアのリゾート地区で販売しておりますので、近くにお立ち寄りの際はぜひ皆様もお試しください。アステル様もきっとお好きだと思いますよ」

「フルーツのスイーツなら俺も食べてみたい」

「僕も食べたいけど……この問題は南部に赴任中のリナルドに有利すぎない？」

ミューマ様の指摘に、ジュリアン様がにこやかに答えました。

「ええ。リナルドのおバカっぷりに心を痛めかねない姫君への忖度《そんたく》です」

会場がどっと沸き、リナルド様のファン――通称リナルドガールズたちが「大丈夫だよー」「おバカでもかっこいい！」と口々に叫んでいます。

隣の席のお姉様も大興奮で何か仰っていましたが、残念ながら聞き取れませんでした。

「えー!?　そりゃ難しいクイズは苦手だけど、トーラチームだって一問も正解してないじゃないか！　俺だけがおバカなわけじゃない！」

リナルド様のリアクションに、またしても歓声が上がります。今度は青い旗を振っている姫君も多く見受けられました。

四問目まで終了し、現在ミューマ様チームが二点、バルタ様チームとリナルド様チームが一点で並び、トーラ様チームは未だに零点という状況です。

様々な問題がありましたが、基本的に学問系はミューマ様が圧倒的に強いですね。

バルタ様が正解した問題は、下町の定番待ち合わせスポットの愛称という貴族の方が知る由もない答えでした。今思うと、これも忖度だったのかもしれません。

「うるせぇな。てめぇと一緒にすんな。俺はこういうのに慣れてねぇんだ。ついでにいえばやる気もない。座っているだけでいいいって言われてるしな」

普段、このようなファン向けのイベントにはまったく姿を現さないというトーラ様。

正直に申し上げて態度はあまりよろしくありませんが、トーラ様がこうしてイベントに参加されているだけでファンの姫君にとっては喜ばしいことでしょう。

「頑張ってー！　トーラ様！」

「誰が頑張るか」

「きゃー！！！」

訓練された姫君たちが塩対応に悲鳴を上げています。

そういうお約束だと思えばなんだか微笑ましいですね。

「ふふ、そんなことを言っていられるのも今のうちですよ」

「なんだと？」

「第五問です。エストレーヤ王国における騎士の臣従《しんじゅう》儀礼ですが、五十年前に所作の一部を省略されて今の形になりました。その省略部分を含む旧式の礼が分かる方、この場で剣を取って実演してください」

「なっ⁉」

こ、これはどこかの誰かを狙い撃ちにしたかのようなマニアックな問題。

レプリカの剣が運ばれてきましたが、誰も動きません。

会場内にいる国民の期待が、トーラ様へ一心に注がれます。

代々王家に仕える騎士の家系・クロム家出身であるトーラ様以外、誰がこの問題に答えられると

いうのでしょう。

「おい、ミューマ。お前行けよ」

「省略されたことは知ってたけど、具体的な動きは分からないな。歴史書にも書いてなかったと思う」

「じゃあバルタ、適当でいいからやれよ」

「嫌だね、面倒くさい。時間の無駄だろ？」

「…………」

「俺には聞かないの!?」

無視されたリナルド様が嘆いていますが、トーラ様はまるで気に留めていません。

自分のチームの上位騎士たちを睨むように見ましたが、全員が首を横に振っています。

「おやおや、誰もご存知ない？　星灯《エストルス》の騎士ともあろう者が、揃いも揃って勉強不足とは嘆かわしい……。皆様、お恥ずかしいところをお見せしてしまって申し訳ありません」

まったく申し訳なく思っていなさそうな微笑みを観客席に向けるジュリアン様。

これ以上なく楽しそうな様子になぜか背筋がぞくぞくしましたが、ジュリアン様推しの姫君はうっとりしています。

「仕方がありませんね。残念ですが、この問題は全員不正解としましょう。では、正解の実演をアステル様に――」

「クソっ！　覚えてろよ、陰険！」

トーラ様が前に出てレプリカの剣を手に取ると、青いフラッグを持った姫君たちが一斉に色めき立ちます。

しかし、トーラ様が剣を体の前で真っ直ぐ掲げると、誰もが息を呑み、会場全体が静まり返りました。空気がみるみるうちに張りつめていきます。

「――――」

嫌々いい加減に行うのかと思いきや、トーラ様の表情は真剣そのものでした。

丁寧に迷いなく、神聖な舞のように一連の動作を行うと、最後に跪いて剣を捧げるようにして宙に差し出します。

そこで初めて、トーラ様が関係者席に向かって臣従儀礼を行っていたのだと理解して、思わずため息がもれました。

国の主たる女王陛下に剣を捧げる騎士様……なんて美しくエモーショナルな光景。

その洗練された所作に、会場全体から大きな拍手が贈られました。

隣の席のトーラ様推しのお姉様に至っては、「ここに墓を建てる……」と言い残して動かなくなってしまいました。

「さすがだ！」

アステル殿下がにっこり微笑み、「〇」の札を挙げました。

トーラ様は面白くなさそうに顔を背け、仲間の騎士様たちからの称賛も煙たがっています。

「おっと、女王陛下からの言付けが届きました。『トーラチームに褒美として三点加点せよ』とのことです。というわけで、逆転ですね」

「は!?」

「そして次がラストの問題です。正解したチームには特別に五点差し上げます！」

歓声と悲鳴が混ざり合い、会場全体の熱がどんどん高まっていきます。

ああ、こんな楽しい時間があっていいのでしょうか。

ふと隣を見れば、エナちゃんが瞳を輝かせて赤いフラッグを振っていました。

周囲一帯、いえ、この場にいる全ての観客が、今この瞬間を最高に満喫して幸せそうに笑っています。

「…………」

私も、楽しい。

間違いなく楽しいです。

この式典に参加できて良かったと心から思います。

だけど、心に小さな穴が開いていていて途方もない寂しさも感じました。

ネロくんに会いたい。


「ああ、本当にもう最高っ。メリィも見たでしょ？　アステル様のあの満面の笑顔。有難い……寿命が延びるどころか不老不死になりそう！」

「ですね。たしかに細胞が活性化したような気がします。本当に楽しい時間でした……！」

結局クイズ大会はミューマ様チームの優勝で幕を閉じました。

最後は忖度なしの超難問でしたが、ミューマ様は理路整然とした推理で正解を導き出したのです。

白熱した良い戦いで各騎士様の新しい一面が見られ、非常に満足感の高い企画でした。

やはりトップ騎士様はキャラが濃いというか、人気になるのも頷けるお人柄の方ばかりですね。

なんやかんや言い争いつつ、仲が良さそうで眺めているだけで口角が上がってしまいました。

現在、休憩中です。

騎士様たちが舞台袖に下がった瞬間、姫君たちはそれぞれの思いの丈を各所で爆発させていました。全然休む様子がありません。

ひとしきり印象に残った場面をエナちゃんと語り合った後、私たちは同時にため息を吐いて虚空を見つめました。

「…………」

さすがに朝早くからはしゃぎすぎていて、頭がぼうっとしてきました。

式典でもクイズ大会でも、ずっとネロくんの姿や声を探して神経を研ぎ澄ませていたのでなおさらです。

彼は今どこで何をしているのか、彼だったらクイズになんて答えるか、そんなことばかりを考えて、挙げ句の果てに「私よりもこの式典に参加すべき姫君がいただろうな……」と申し訳なくなって落ち込んでしまいました。

もちろん目の前で展開していくイベントをめいっぱい楽しんではいたのですが、全力で集中できていたかと言われると……。

「メリィ、明日は騎士カフェに行きましょう」

「え、はい。私はいいですけど、エナちゃんはいいんですか？」

「もちろんよ。わたしが行きたいから誘っているの」

「てっきり明日は今日の記憶を残すためにレポートを作ったり、ファンクラブでクラリス様とアステル殿下について語り合うつもりだと思っていましたけど……」

「それも楽しみだけど、メリィも推し騎士様を補給しないとね。ネロくんの出勤日に当たるまで通うわよ」

「エナちゃん……！」

「わたしもネロくんやリリンちゃんから今日のアステル様のご様子を聞きたいから」

なんて優しい……！　気を遣わせてしまいましたね。

私はネガティブな考えを頭から追い出し、明日会えるかもしれないネロくんに想いを馳せつつも、紫色のフラッグといただいたお花を両手に持って、ステージを見つめました。

もうすぐ休憩時間が終わります。

「名残惜しいですが、例年だとそろそろ閉会のお時間のはず。最後に何をしてくださるのでしょう？」

「中央のステージもこっちの花道も、ほとんど使ってないし……もしかしたら全員で近くに挨拶に来てくださるかもしれないわよね。推し騎士様の晴れ舞台、目に焼き付けなくちゃ！」

「はいっ、最後までしっかり見届けます！」

魔術でライトアップされていた会場が、少しずつ暗くなっていきました。

私も、おそらく他の観客たちも胸を高鳴らせています。

「？」

なんでしょう、ステージ裏のほうから掛け声のようなものが聞こえて、局所的に悲鳴が上がりましたが……。


「さぁ、いくぞ！」


アステル殿下の声と同時に会場が再びライトアップされると、センターステージにトップ騎士様六名の姿がありました。

見たことのないお召し物です。

騎士団服よりもカジュアルですが、煌《きら》びやかな装飾が施されていてステージ上でよく映える……もしかして新しい団服のお披露目!?

そう思ったのも束の間のこと。

「――――」

六人の歌声が重なって響き、会場に衝撃が走ります。

トップ騎士様が、私たちが知らない曲を歌っている……!?

次の瞬間にはオーケストラが激しく演奏を始め、騎士様たちが音楽に合わせて軽快に踊り出したので、観客は大パニックです。

「みんなを笑顔にするためにたくさん練習したんだ！　一緒に盛り上がろう！」

アステル殿下の言葉に、順応力の高い姫君が歓声で応じます。

私は何がなんやら……理解が追い付きません！

なぜトップ騎士様が歌って踊っているのか。

しかし深く考えることはやめました。

だって、目の前でとんでもないパフォーマンスをされているんですから！

お母様に付き合って何度もプロの歌劇を観たことのある私には分かります。

騎士様の運動神経が為せる業でしょうが、とても完成度の高いダンスパフォーマンスです。

ソロパートもあって、神がかった歌唱力もあらわになっています！

アステル殿下……え、逆に何を持ち合わせていないのですか？

歌もダンスも完璧な上に、観客に笑顔とウインクを無邪気に振りまいています。

凄まじい威力のファンサービス！

見る者全てを魅了する圧倒的なスター性！

エナちゃんやクラリス様の生命活動が心配です！

リナルド様も素晴らしい技量。

長い脚で蹴り出す振り付けがとてつもなく様になっており、目の錯覚でしょうか……股下が五メートルくらいある気がします！

伸びやかで少しクセのある歌声に、こちらまで楽しくなってきました。

トーラ様は表情こそ硬いですが、ダンスはキレッキレ。ターンの軸がまったくぶれていません。

びっくりするくらい歌もお上手で声量もあります！

まず声が最高に良いですし、やけくそ気味な歌い方が情熱的で聞き惚れてしまいます！

バルタ様は力の抜き方とリズム感が良いですね。

手の振りが音に綺麗にハマっていて、見ていて気持ち良いです！

歌は主に低音部を担当されており、複雑な旋律を難なく歌いこなし主旋律を支えています。

ソロパートではビブラートを綺麗に響かせている辺り、相当な実力者ですよ、これは！

ミューマ様はところどころ踊りながら、魔術で会場を彩っています。

音楽に合わせて光の粒が弾け、虹色に輝いてとても綺麗。

少し恥ずかしそうにソロパートを歌う姿は可愛らしく、天使を召喚できそうな透明感のある声をいかんなく発揮しています。高音域もばっちりです！

ジュリアン様も同じく、魔術で舞台演出を担当されていました。

テンポの速い曲なのに、光の文字を使って宙にリアルタイムで歌詞を描いています。

なんて離れ業《わざ》……。どういう頭脳をしているのでしょう。

少しかすれた歌声が思いのほかセクシーで、なんだか耳が熱いです！

「す、すごい……」

曲のワンコーラスが終わった頃には、会場のボルテージは最高潮に達していました。

誰も彼も我を忘れたようにリズムに合わせて応援フラッグやお花を振っています。

ファンへの感謝がこもった歌詞、希望を紡ぐようなポップなメロディ。

騎士様たちの真心が伝わってきます。

この世には憂鬱なことなんて一つもない。

そう信じられるような、まさに夢のような光景でした。

「もっと！　もっと盛り上がっていこう！」

「カモン！　星灯《エストルス》ダンサーズ！」

間奏時、リナルド様の掛け声で大きな音が鳴りました。

その瞬間、センターステージから伸びていた細い花道を駆けて来る十数人の騎士様たち。

真っ先に目に入ったのは背の高いジェイ様。

そして、小柄なリリンちゃんと隣のクヌート様。

この期に及んで期待で胸が高鳴りました。

そして、私たちの席のすぐ近くの花道に、その姿を見つけました。

「ネロくん」

今度こそ時が止まりました。

頭が空転して何も考えられません。

見たことのないかっこいい衣装に身を包んだネロくんが、私のすぐそばで踊り出したのです。

困ったような笑顔、可愛い！

トップ騎士様たちに比べるとぎこちないステップですが、真面目で一生懸命な彼の人柄がよく表れています。いえ、十分に踊れていますよ！　素敵！

あ、ああ……。

エナちゃんが興奮気味に私の背中を何度も叩いています。

私はそれに頷き、瞳に溜まりかけていた涙を一瞬で拭いました。

今この瞬間、私の視界を遮るものは自分から出た水分でも許せません！

ツーコーラスからはメロディが少し変わり、観客に呼びかけるようなパフォーマンスが増えました。

すなわちコール＆レスポンスです！

一巡目ですぐにメロディを覚え、ジュリアン様の描く歌詞を見て観客たちは声を返しています。

「――――」

ちょっと待ってください。

ネロくんも歌っているじゃないですか！

ところどころではありますが、ネロくんが合いの手やレスポンスの部分で口を動かしています。

私が全神経を耳に集中させると、かろうじてその声を判別できました。

鳥のようにしなやかで優しい歌声……。

あまりにも尊すぎてドキドキが止まりません。

「…………」

私は一心にネロくんをみつめます。

しかしネロくんは決して観客席には視線を向けず、遠くを見据えていました。

緊張しているのでしょう。目の焦点を合わさないようにしているのかもしれません。

スポットライトが舞台を照らしている分、観客席には影が落ちています。

きっと私は見つけてもらえません。

でも、それでもいい。

私の大好きなネロくんが、眩《まばゆ》い光の中で強烈に輝いているんです。

この一瞬を網膜と鼓膜と脳の記憶領域に焼き付けて、永久保存しないと。忙しい！

「みんな、ありがとう！」

ツーコーラスまで歌い終わり、アステル殿下が万感の想いがこもった声で言います。

穏やかなメロディが繰り返される間奏。

トップ騎士様たちが、センターステージから離れ、それぞれの立ち位置に移動しました。

ネロくんの隣にはリナルド様がやってきて、四方八方にいる観客たちに手を振っています。

「楽しんでるかい、姫君たち！」

「リナくんっ！　最高だよ!!」

リナルド様推しのお姉様が涙声で叫ぶと、その声に気づいたのかリナルド様がこちらに向かって投げキッスをしました。

さすがの私も「ひゃっ」と声が出ましたが、隣のお姉様にいたっては声すらなく崩れ落ちていきます。

ネロくんはそんな事件すら気にする余裕がないご様子。

同じステップを繰り返し踏んで場を繋いでいます。きゃわ……。

「楽しんでもらえてるか？　みんなの笑顔がたくさん見られて、俺は今すごく幸せだ！」

アステル殿下は会場全体に手を振ってから、一人ずつ仲間を見渡しました。

「トーラ！　最初は嫌がっていたのに真剣にやってくれてありがとう！」

「うるせぇ！　気の迷いだ！　絶対にもう二度とやらねぇからな！」

「絶対また誘う！　一生のお願い、結局使ってないことになってるもんな？」

「だから、こんなことに使うなって言ってんだろ！」

アステル殿下とトーラ様の絡みに一部の姫君が激しく反応しています。すごい歓声……。

「バルタとミューマもありがとう！　おかげで俺もみんなも最高に楽しい！」

「ま、そんなに悪いもんじゃなかったな」

「そうだね。ちょっとだけ楽しい……かも？」

バルタ様は「はっ」と短く笑い、ミューマ様もはにかんでいるようです。

「リナルド……輝いてるぞ！　最高！」

「俺への振りだけ雑じゃない!?　まぁいいけど！　最高なのはお互い様！」

同じポーズを取って笑い出すお二人が可愛い。本当に仲良しなんですね。

「じゃあジュリアン、最後は頼んだぞ」

「仰せのままに、団長閣下」

ジュリアン様が明朗に宣言しました。

「さぁさぁ、お集まりの紳士淑女の皆様。感謝祭はクライマックスでございます。どうぞ、席に置かせていただいた花を右手にお持ちください！」

オーケストラの演奏がフィナーレに向かって盛り上がっていく曲調に変わり、全身の血が騒ぐような感覚がします。

アステル殿下は舞台にいる騎士様全員を見渡して頷くと、右手を掲げました。

「本当にありがとう。みんなが魔力を分けてくれるから全力で戦える。みんなが信じてくれるから勇気が出る。みんなの笑顔が、涙が、絶望的な状況になっても絶対に諦めない理由になってる。俺たちが命を懸けられるのも、戦場から帰って来られるのも……全部全部みんなのおかげだ！」

アステル殿下の熱のこもった声には、観客の涙腺を震わせる力がありました。

「全然足りないけど、受け取ってほしい！　みんなが俺たちを想ってくれているのと同じくらい、俺たちもみんなのことを想ってる！　これからもみんなの声援を裏切らないって誓うよ！」

アステル殿下の声に反応して、エナちゃんの手に握られた薔薇が赤く発光しました。

「何これ!?」

慌てて周りを見渡すと、会場の至る所で赤い花が光り輝いています。

エナちゃんの右手をよく見れば、入場の時に押された右手のスタンプの色素が花に吸い込まれています。

「俺も俺も！　愛しい姫君、俺色に染まってくれ！」

「ほらいくぞ！　もっと声出せ！」

「ちゃんといるよね？　僕に見せて」

「これからも変わらぬご愛顧をお願いいたしますね」

「はぁ……今日だけだからな！」

オレンジ、黄、白、緑、青……。

トップ騎士様が右手を掲げると、それに応じて観客席に色とりどりの光の花が点灯していきます。

歓声や悲鳴が止みません。

なんて幻想的な光景……。

夜空の星？

光の花束？

いいえ、推し騎士様への愛の灯火です！

「さぁ、全部灯そう。バックダンサーズもよろしく！」

その呼びかけにリリンちゃんが一番に右手を上げました。

「いっくよー！　とびきり可愛い色をプレゼントしちゃう！」

元気な声が会場にピンクの花を咲かせると、他の皆様も右手を構えました。

「よっしゃ、最後まで全力で盛り上がっていこうぜ！」

「ふん、この素晴らしき日を皆で祝おう！」

ジェイ様、クヌート様の声によって新しく黄緑色と水色の光が会場に加わります。

お二人とも灯った光を見て嬉しそうに目を細めました。

私は全てを察しました。

この流れはつまり……。

「――いつもありがとう！」

ネロくんの声が会場全体に響きます。

その瞬間、私が手にしていたチューリップの花が強い紫の光を放ちました。

「っ！」

近くで輝いた自分のエンカラに思わず反応してしまったのか、ネロくんの視線が動き、そして
……。

「あっ……」

目が合いました。

この広い会場の中で見つけてもらうのが、どれほど幸運なことなのか。

奇跡と呼んでも過言ではありません。

私は紫のチューリップをネロくんによく見えるように、それでいて後ろの方の邪魔にならない程度の高さで掲げました。

涙が込み上げてきて声一つ出せないので、代わりに笑顔で伝えました。

本当に本当に大好きです。この日をご一緒できて最高に嬉しい。

ネロくんの新しい一面が見られて良かった。

私のほうこそいつも見つけてくれてありがとうございます！

ネロくんへの愛は永久に不滅ですからね！


そのままたっぷり数秒間視線が交錯し、そして――。

ネロくんは一度だけ手を振り、とびきりの笑顔を見せると花道からセンターステージへ駆けていきました。

人生二度目の個人レスポンスに、心臓に何かが刺さるような激しい衝撃を覚えました。

そのまま涙腺は完全崩壊。

私としたことが、もう何も見えません！

「ラスト！　みんなも一緒に歌おう！」

色とりどりの光の花々が揺れる中、最後のサビに突入したライブに人々はさらに熱狂。

私は紫色の光越しに、楽しそうに踊るネロくんの姿を夢中で追います。

鼓動が速く、体が熱く、ときめきが止まりません。

彼以上に愛しく思える人はこの世界には存在しない。

きっと多分、人生で唯一無二の恋です。

「ネロくん……一生ついていきます！」

全てを懸けてあなたに尽くしたい。

その日、私の中にまた一つとんでもなく大きな感情が生まれたのでした。

第七章　騎士の激闘

☆☆☆

周年式典から数日後、魔物の討伐任務のため本部に召集された。

この一カ月は式典の準備で忙しく、訓練演習も討伐任務も命じられなかった。

自主練習はしていたけど、実戦に出ていない。腕が鈍ってないといいけど。

「使い魔の出現からしばらくは、大規模な魔力復元の影響によって変異種の魔物が発生しやすい傾向にあります。今回もおそらくその一種かと。まだ目撃情報だけで実際の被害は出ていませんが、油断せず早急に準備を整えて討伐に向かってください」

魔物はいつどこで発生するか分からない摩訶不思議な生物だ。

一説によると、別次元から転移してきていると言われている。

凶暴な魔物もいるけど、人間を怖がって逃げる魔物もいて、生態自体はこの世界の動物と大差ない。

しかし変異種の魔物は一際強い魔力を持っていて、普通の魔物とは行動パターンも違い、周囲にいる他の魔物を凶暴化させることもあるという。

その危険性の高さから、騎士団の最高戦力であるトップ騎士が討伐任務に就くことが多いそうだ。

北部から王都に戻ってきたトーラさんと、変異種の魔物のサンプルが欲しいミューマさんに加え、他数名の手練れの騎士が選出された。

メンバーの中にはジェイ先輩とクヌートもいる。

「王都での初任務が貴様と一緒とはな」

「えっと、ごめん？」

「なぜ謝る。この抜擢は私たち新人に経験を積ませようという上層部の判断だろう。先輩たちの手を煩わせぬよう、立派に務めを果たしてみせる。……入団試験の時のようなことにはならないから安心しろ」

「いや、あの時のことはもう――」

思い出話に花が咲きそうになった瞬間、黒髪が視界をよぎり、舌打ちが聞こえた。

「よりによって実戦で……。おい、とりあえずお前は攻撃に参加するな。黙って見学しとけ」

トーラさんは顔を合わせるや否やそう釘を刺し、俺の返事も待たずに歩き去ってしまった。

やっぱり信頼されていないみたいだ。

「……はぁ」

俺としても、もう少し腕を上げてからトーラさんに見てほしかった。

トップ騎士会議の日から命中精度に重きを置いて弓を引いている。

だけど、先日の訓練では矢に魔力を込めるのを躊躇してしまったし、自主練習でも的に当たりはするが、人型の障害物を置くと多少手が鈍る。俺が自分の腕に自信を持てていない証拠だ。

今回はトーラさんに言われた通り、先輩たちの動きの注視に努めよう。

「おい、なぜトーラ殿に目の敵にされている？」

「俺が射手だから」

「だからなんだ？」

「えっと、前に射手が起こした事故で怪我をされたのがトーラさんだから、俺が無茶な攻撃をしないように、忠告を」

「トーラ殿はネロのことを何も分かっていないな！」

「こ、声が大きい」

「北部でご一緒させていただいた時は冷静で視野の広い方だと思ったが……。まぁ、断じて愚鈍な方ではない。ネロの実力はすぐに知れるか」

勝手に怒って、勝手に納得してしまった。

クヌートとトーラさんは数カ月一緒に北部に赴任していた。

合うような合わないような、想像できない組み合わせだ。後でどんな感じで接していたのか聞いてみよう。

「気にするな、ネロ。トーラ殿はお前のことをよく知らないだけだ。使い魔討伐以外で同じ任務に就くのは初めてなんだろう？」

「うん」

「ともに戦えばきっと分かってくださる。少なくとも私は……背を射られるかもしれない恐怖よりも、背後にネロが控えていてくれる心強さのほうがはるかに上回っているからなっ」

「！　ありがとう。俺もクヌートがいてくれるとものすごく頼もしい」

恥ずかしくなったのか、クヌートはそっぽを向いてしまった。

有難いことに、入団試験の時の一件でクヌートは俺の腕を買ってくれている。

クヌートの信頼に応えるためにも頑張らないと。

戦い以外のことでも構わないから、絶対に仲間の役に立ってみせる。

「次、ネロ・スピリオ」

握手会に向かう前に、右手の紋章解除をしてもらう。

騎士が不正に魔力を集めて私利私欲で使用できないよう、任務や訓練時以外は紋章に制限がかかっているんだ。

特殊な魔道具——水を張った白い桶に右手を突っ込むと、紋章が淡い紫色に輝く。

解除作業中は自分の体の内側が広がっていくような感覚がして、何回やっても慣れない。

それにしても今回の任務は見学を余儀なくされそうなので、握手会で魔力をもらうのは気が引けてしまうな……。

何よりメリィちゃんと顔を合わせることに俺は緊張していた。

最後に会ったのは周年式典。

観客に向かって一言声をかける機会があって、俺は考えた末に日頃の感謝を伝えた。呼びかける相手として、自然とメリィちゃんの顔を思い浮かべながら。

そうしたら、本当に奇跡的みたいな確率でメリィちゃんを見つけて、目が合った。

あの時のメリィちゃんの笑顔……そして、紫色に光る花を俺に掲げるように見せてくれた瞬間、彼女が途方もなく強い想いを俺に捧げてくれているのが伝わってきた。

……あの日から俺の心臓はちょっと変だ。

いざ握手会へとみんなが意気揚々と広場に向かう中、俺は本部の入り口で屈みこむ。

「ポムテル……俺、頑張ってくるよ」

「キャンッ」

「よしよし。少し大きくなったな。可愛い」

アステル団長が連れてきていた白い子犬——ポムテルを撫でて、少しばかり癒やされる。

城ではまだやんちゃをしているそうだが、俺の前だと途端に大人しくなるらしい。

尻尾をぶんぶん振って寄ってきたから嫌われてはいないと思うけど、俺を主人と間違えていないか心配だ。

今日は団服に付いた白い毛をちゃんと取って握手会場へと向かった。


「こ、こんにちは、ネロくん」

握手会に来てくれたメリィちゃんは、いつもよりもずっと頬を赤くしてもじもじしていた。熱でもあるんじゃないかと心配になるレベルだ。

「先日の周年式典、最高でした！」

「あ……ありがとう」

「本当に感動的で、特にネロくんが――」

「ま、待って。その話は恥ずかしいから、また今度で！」

やっぱりダメだ。

メリィちゃんの顔を直視できない。

周年式典のライブ中に目が合い、気持ちが舞い上がって満面の笑顔で手を振ってしまった。

舞台の上、大勢の観客の前でなんて大胆なことを……恥ずかしい！

完全にメリィちゃんのことを意識してしまっている。

俺もまた、顔が赤くなっているだろう。

メリィちゃんは俺が本気で照れているのに気づき、ぐっと我慢してくれた。

もう少し日を置いて冷静になれたら感想を聞かせてね。

「すみません、今日は魔物の討伐任務なのに浮かれてしまって。ネロくんなら大丈夫だと思いますが、十分に気をつけてくださいね！」

「うん、心配してくれてありがとう。俺にできることを頑張ってくる」

「はい。無事と活躍を祈って待ってます」

「…………」

「…………」

普段通りの会話をして、言葉が続かなくなった。

気まずいというよりも、面映ゆい沈黙になってしまう。

「あっ、エナちゃんは今回クヌート様のところに行きましたよ。カフェでお見掛けしてからずっと気になっていたそうで。今日が王都での握手会デビューなんですよね？」

「うん。でも全然緊張してなかったな。クヌートは背も高いし、見るからに騎士って感じだからすでに人気がありそう」

「そうですね、もう行列ができていました。で、でも、ネロくんの列も盛況ですよ！　私の後ろにも結構並んで――」

「あはは……」

少し知名度が上がって俺のところにも人が来てくれるようになったけど、やはりクヌートのように貴族出身の気品のある騎士の人気は根強い。

このまま活躍できなければ、俺は忘れられていくだろう。

もちろんそうならないように頑張るけど目立てばいいというものでもないし、人気のことは気にせず目の前の仕事をこなしたい。自虐でも卑下でもなく、冷静にそう思う。

再び沈黙が訪れた。

メリィちゃんは小柄な体を落ち着きなく揺らして、何かを迷うように俺のことをちらちらと見る。

……ダメだ。メリィちゃんの上目遣いはものすごく可愛い。なんでも言うことを聞いてあげたくなってしまう。

「あの、この前の握手会で言ったことなんだけど」

「っはい！」

ピンと背筋を伸ばすメリィちゃんに、俺は小声で告げた。

「メリィちゃんの重荷になっていたらごめん。いつでもいいから、俺にできることがあったら言ってほしい。ずっと待ってる」

「……ネロくん」

困らせていると思ったけど、発言を撤回する気はなかった。

メリィちゃんには本当にたくさん助けてもらっているから、心からお礼がしたい。

周年式典を経て気づいた自分の想い。

俺はメリィちゃんの笑顔が大好きだ。

彼女の望みはできる限り叶えてみせる。

特別なことでも、特殊なことでも、力が及ぶ限り頑張る。

メリィちゃんはしばし俯いた後、顔を上げて俺の目を見た。

「それは……」

「え」

「他の姫君にも、同じことを」

「しないよ。メリィちゃんだけだ」

咄嗟に前のめりになって言うと、メリィちゃんの目が大きく見開かれた。

感激したように煌めく瞳に釘付けになり、呼吸が止まる。

「そうですか……」

メリィちゃんが一歩下がったのをいいことに、俺はそっと視線を逸らした。

心臓がバクバク鳴っている。

ああ、こんなに可愛いと学校の男子生徒とか、メリィちゃんのこと好きになっちゃうんじゃないかな。

「その言葉だけでもう十分です。ネロくん、本当にお礼なんて必要ないですよ。私が好きで応援させていただいてるんですから」

「メリィちゃん……でも、俺に何か言いたいことがあるんじゃない？」

天幕に入ってきた時から気づいていた。

いつもの学校鞄以外に、もう一つ荷物を持っていることを。

綺麗な薄紫色のリボンがかけられた小さな紙袋。

気づくなというほうが無理がある。

思わず視線を向けてしまった。

「あ、こ、これはっ、その……。ご迷惑じゃなければ、ネロくんにもらってほしくて。いろいろ考えたんですけど、それが私の一番の望みです！」

「俺がお礼をするっていう話だったんだけど……？」

メリィちゃんの目は泳ぎまくっていた。

「でも、私が贈ったものをネロくんが身に着けてくれたら最高に嬉しいので！　あ、これ、中身はお守りなんです。邪魔にならないものにしたつもりなんですけど……どうか受け取ってください！」

一拍置いてから、勢いよく差し出されたプレゼント。

手を伸ばすか迷った。

彼女がくれる魔力や時間を少しでも個人的にお返ししたいと思っていたのに、さらにもらってしまうのはどうなのか。

同時に、騎士団の規則を思い出す。

ファンレターやメッセージカードと比べ、プレゼントは厳しくチェックされる。

騎士団本部に提出し、毒や危険な魔術がかかっていないかしっかり鑑定してもらわないといけない。

報告や提出を怠って受領していたら処罰の対象となる。金品を貢がせるのは騎士団の風評を落とすことに繋がりかねないので、過度に受け取るなという戒めだ。

アステル団長以下、トップ騎士のほとんどはどんな物でも受け取らないと公言していると聞く。

彼らの人気を考えると、際限なくプレゼントが届いて収拾がつかなくなってしまうからだろう。

『俺たちは魔力と一緒にみんなの熱い気持ちも受け取っている。だからプレゼントは頑張っている自分自身へ贈ってあげてほしい』

アステル団長が国民に向けてそう言った通り、俺たちはもう十分すぎるほどいろいろなものをもらっている。

「…………」

メリィちゃんの白い手が震えている。

きっと勇気を振り絞ってくれているんだ。

この手をそのまま押し返すことなんて、俺にはできない。

「ありがとう。本当に、もらってばかりでごめん」

俺はおずおずとメリィちゃんからプレゼントを受け取る。

その時の彼女の弾けるような笑顔に、胸が苦しくなった。

「えっと、騎士団の規則で」

「鑑定があるんですよね？　大丈夫です。本当にただのお守りですから！」

どうやら人に見せても大丈夫な品のようだ。

リナルドさんとバルタさんに報告したい。

メリィちゃんのお願いは可愛いものでしたよって。

「大切にする。でも、俺からのお礼も絶対にするから」

メリィちゃんは首を大きく横に振っていたけれど、これでは俺の気が済まない。

そうか、贈り物。その手があった。

騎士から贈るプレゼントも何か決まりがあっただろうか。ジェイ先輩に相談してみよう。

選ぶのは自分でしたいけど、センスにまったく自信がない。

こういう時はリリンとクヌートにアドバイスをもらいたいところだ。

お互いにふわふわしている間に残りの時間がわずかになり、俺たちはまた慌てて握手をした。

今日もメリィちゃんはたっぷり魔力をくれる。

騎士の返礼まで済ませたところで、彼女は再び俯いた。

「あの、ネロくん。そのお守りなんですけど、実は……」

「うん？」

「………………なんでもないですっ！」

「え!?」

結局、メリィちゃんはまた顔を真っ赤にして逃げ去ってしまった。

見るからに怪しい素振りに少し不安になったけれど、彼女がくれたものだ。

正直に言えば……すごく嬉しい。

メリィちゃんといつでも一緒にいるような気分になって、会えない時でも頑張れそうだ。

贈り物鑑定の窓口の一つはミューマさんだったはず。

できれば今日持って行きたいな。出発前に見てもらえないかお願いしてみよう。

難易度の高い任務の前だというのに、俺はすっかり浮かれていた。


今回の任務地は、王都の北東部に位置する広大な森。

まずは近隣の村で変異種の魔物を最初に目撃した狩人に話を聞く。

「不思議な甘い香りを追って、森の深くに分け入ったのがよくなかったんでしょうな。気づいたら辺り一面が薄暗くなっていて……それがまさか、儂《わし》に覆い被ろうとする魔物の影だったとは。あんな大きな魔物、使い魔かと思いました。相棒の鷹が威嚇してくれなかったら、逃げおおせることはできなかったでしょう」

おじいさんは運が良かった。よりにもよって変異種の魔物に出会って生きて帰ってこられたのだから。

この道数十年の狩人でも、庭のように歩き慣れた森で突然魔物に襲われて命を落とすことがある。

……俺の父のように。

「巨大な植物型、しかも森の奥かよ。……厄介だな」

「僕がいて良かったね。最悪、森一帯を焼き払えば終わる」

「それは本当に最悪だろうが。騎士の戦い方じゃない」

「分かってる。究極の最終手段だね。対策を立てておくよ」

「前衛の連携も確認しねぇとな」

今回の任務の指揮を執るトーラさんとミューマさんは、移動と聞き込みで日が暮れ始めたのを見て、村と森の間に天幕を張るように指示を出した。

握手会で集めた魔力は五日くらいしか紋章に溜めておけない。

それまでに変異型の魔物を討伐できなければ、交代の部隊を呼ぶそうだ。

先輩たちが討伐の作戦会議をする間、一番下っ端な俺とクヌートが夕食の支度を引き受けた。

と言っても、クヌートはそこまで調理に慣れているわけではない。

北部での経験で薪集めや水汲みには自信があるみたいだから任せて、調理に関しては俺が担当した。

今までも任務で野営をしたことはあったけど、さすがにトップ騎士や上位騎士の先輩に料理を振るまったことはない。

味見はしたので大丈夫だと思うけど、貴族の舌に合うかどうかは分からなかった。

できあがった料理を、たき火を囲む先輩たちに配る。

俺が自信なさそうにしているせいか、先輩たちもどこか表情が硬い。

「いただきます。……いやぁ、今回はネロがいて良かった。ちょっとした料理でも全然味が違うぜ！　さすが狩人の息子にして厨房のスーパーアシスタント！」

空気を変えてくれたのはジェイ先輩だった。

美味しそうに豚肉の香草蒸しを頬張るジェイ先輩を見て、様子を伺っていた先輩騎士たちもおずおずと口を付ける。

「本当だ。めちゃくちゃ美味いぞ！」

「香草の風味がいいね。柔らかくてジューシーで」

「これは酒が欲しくなるな」

「相変わらず、貴様はよく分からないところで活躍する……。絶妙な塩加減だな」

クヌートも野菜のスープを飲んで唸っている。

「うん、これ本当に美味しいよ。おかわりある？」

淡々としつつもミューマさんも意外なほどよく食べてくれた。嬉しいな。

俺は自分の分をさっと食べて、食後のお茶を用意した。

先輩たちがやたらと「酒を飲みたい」と連呼するので、せめてもの気安めだ。

お茶の気配を察して、貴族の先輩騎士が個人的に持参したという砂糖菓子を配ってくれた。

「俺はいらない」

たき火から少し離れた場所にいたトーラさんは砂糖菓子を断っていた。

代わりにミューマさんが二つもらってニコニコしている。

「……あの、よかったらどうぞ」

「あ？」

俺はトーラさんにお茶を持っていく時、塩をまぶしたくるみを添えてみた。

トーラさんの表情は険しく、漂う空気は気まずい。

俺は、なけなしの勇気を振り絞って会話を試みる。

「えっと、ナッツ系のお菓子がお好きでしたよね？　騎士カフェのトーラさんプロデュースメニューで……」

トーラさんプロデューススイーツメニューのメインは、甘さ控えめなナッツのパウンドケーキだ。

パティシエはエンブレムカラーの青をふんだんに使いたかったみたいだけど、青色の食材は少ないし、青い皿にパウンドケーキを乗せても美味しそうに見えないと頭を抱えたらしい。

結局は青い縁取りの白い皿に、青い花を添えて提供している。

「ああ、あれか。別に、甘いもんが嫌いだって適当に答えたら作られただけだ。くだらねぇことばかりさせやがって……。あんなの注文する奴がいるのかよ」

「たくさんいます。トーラさんもお嫌いではないですよね？」

俺はトーラさんがお茶とくるみを受け取ってくれるのを待った。

警戒心の強いリスの餌付けをしているような、気位の高い黒猫におやつを献上しているような、奇妙な感覚。

ダメだ、こんなことを考えているとバレたら余計嫌われる。

「……はぁ」

トーラさんはお茶のカップとくるみの包みを受け取ると、俺を無視して立ち上がった。

「お前ら、それ飲んだら片付けてさっさと寝る準備しろよ。夜番は階級関係なしに若い奴から二時間交代だ」

カップを掲げて返事をする騎士たちを見て、トーラさんはそのまま天幕へ引っ込んでしまった。

夜番は年の若い順、ということで一番手は俺とミューマさんだ。

ミューマさんはたき火を挟んだ向かい側で、静かに書き物をしている。

俺はこっそりと首から下げた紐を手繰り寄せ、服の下に隠していた白い石を指で撫でた。

メリィちゃんがプレゼントしてくれたのは雫型のお守り石だった。

小さくつるつるしていて、光にかざすと虹色に輝いて綺麗だ。

アクセサリーは一つも持っていなかったけど、これなら俺でも違和感なく身に着けられる。

任務中は服の下にしまっておけば弓を引くのにも邪魔にならない。

大切にしよう。

肌身離さず身に着けて、絶対失くさないように――。

「ネロは魔術について詳しくないんだっけ？」

急にミューマさんに話しかけられ、無意識に緩んでいた頬をきゅっと引き締めた。

「あ、はい。全然分からないです」

「敬語はいらないって言ってるのに。……まぁいいや。魔術とは、魔力を用いて起こす現象。すなわち、人間が生まれつき持っている命属性の魔力を、別の属性に変換して操る技術のこと。魔術とひとくくりで言っても、たくさんの属性と使い方がある。光と闇の根源属性は祝福と呪縛、地水火風の自然四大属性は主に強化と調和、最近は錬金術も流行してるね。無属性なんてのもあるよ。古くから伝わる民間魔術は解析できていないものも多いから、これは表向き無属性ってことになってるんだ」

自分の右手の甲を軽く指さして、ミューマさんは微笑した。

紋章魔術――魔力の譲渡と蓄積を可能とした、星灯騎士団《エストルス》の生命線だ。

エストレーヤ王国の歴代の王様は魔女と使い魔に対抗するため、国中の有望な魔術師に資金援助をして様々な研究をさせていた。

紋章魔術を開発したミューマさんのおじいさんも援助を受けていた一人である。

「僕たちが敵対している魔女は、悪魔と契約して魂を売った者。現世では悪魔の主人であり、来世では悪魔の奴隷。現世に堂々と姿を現すのは圧倒的に男の悪魔が多いからか、女性ばかりが契約者になって魔女を名乗る。まぁ、悪魔の契約者なんて滅多にいないんだけど。百年に一人現れるかどうかって感じ」

「……知りませんでした」

魔女は人間を苦しめる悪い魔術師の女、くらいの認識だった。

悪魔のことは、別の次元にいる人間を堕落させる存在という概念しか知らない。

普通に生きていたら悪魔に関わることなんてまずないし、実在するかどうか半信半疑の人が多いだろう。

「そんな魔女や悪魔には共通して苦手な属性がある。なんだと思う？」

「……光属性ですか？」

イメージで答えると、ミューマさんは満足げに笑って首を横に振った。

「いろんな国に残っている伝承やおとぎ話を読めば明らかだ。魔女に呪われて苦しむお姫様を救うのは、いつだって王子様のキスでしょ？」

「きっ」

過剰に反応してしまった俺に対して、ミューマさんは淡く微笑む。

同い年なのに余裕な態度でなんだか恥ずかしくなってしまった。

「愛属性。魔女も悪魔も、人間同士が育む愛に弱いんだ。恋愛感情だけではなく、家族や友人との絆にも適応されるよ」

「そんな属性があるんですか？」

「魔術学会では認められてないけどね。心のことだから測定が難しくて、未だにほとんど何も分かっていない。命属性の魔力と親和性が高いみたいだけど……目に見えない心の熱、とでも言えばいいのかな。どれだけ強大な力を持つ魔女でも、人間の誰かを想う感情に敗北してしまう。面白いよね」

俺は両親や故郷の友人、騎士団の仲間、そしてメリィちゃんのことを思い浮かべた。

優しい思い出がよみがえってきて胸が温かくなる。

もしもこの気持ちに魔力が宿るのなら、たしかに心の熱は愛属性と呼ぶのがふさわしいと思う。

「ところが、この王国を呪っている魔女に関してはその法則が綺麗に当てはまらないんだ。使い魔は恋人や伴侶のいる者を前にすると暴れ狂うでしょ？」

「そうですね」

「多分、自身の弱点である愛属性を警戒した魔女が、使い魔に術式《プログラム》を仕込んで対策をしているんだと思う。苦手だからこそ過剰に拒絶しているんだろうね。使い魔はどうやって愛属性を感知しているのか……。家族愛や友情に反応しないということは、血縁や感情ではない。片想いでも大丈夫ということは、恋愛感情に起因した〝言葉の契約〟に反応して、使い魔が暴れ狂うようにしているんじゃないかな」

「言葉の契約？」

「告白の定番の文句だよ。『付き合ってください』とか『結婚してください』とか。これは祖父の仮定だけど、愛の告白が成功して想いを通わせると、心が愛属性の魔術契約を交わしている状態になる。使い魔はその契約を感知して、暴れ出しているんじゃないかって」

魔術的なことは難しくてよく分からないけど、ミューマさんの話を聞くに、この国の魔女は愛属性――とりわけ恋愛感情を発露とした愛の奇跡を警戒しているらしい。

戦場でその気配を感知すると、使い魔は自分が傷つくことを厭わずがむしゃらに攻撃するよう変貌する。

戦士が恋人を想って力を増幅させる前に戦場を混乱に陥れ、簡単に討伐させないようにしているのだ。

「使い魔を暴れさせて大きな被害を出すことで、誰かと愛し合うことが罪だという風潮にしたかったのかもね。愛のない冷たい王国になれば、弱点がなくなって乗っ取りやすいとでも思ったのかな」

「……魔女ってどうしようもなく嫌な性格をしていますね」

「まぁ、その使い魔の性能を逆手にとられて、とんでもない騎士団を誕生させてしまったわけだけど。皮肉だよね」

美男子のみが在籍する恋愛禁止の星灯騎士団《エストルス》。

俺はエナちゃんの言葉を思い出した。

『魔女に呪われているとは思えないくらい明るくて楽しい、大陸で一番奇妙で愉快な国だという噂は真実だったわ。最高！』

　魔女の思惑とは裏腹に、この王国には騎士への愛が溢れている。

「話の流れで分かったと思うけど、この紋章魔術も実は愛属性なんだよ。ファンの愛で増幅した魔力を集めているけど、言葉の契約はしていない。だから使い魔は暴れないし、星灯《エストルス》の騎士は強いんだ。実は先日の周年式典で愛属性の魔力の観測をさせてもらっていたんだけど、特にサプライズライブ時の観客の魔力の高まりはすごかったよ。あのエネルギーをそのまま受け取ったら、どんな奇跡だって起こせそう。ものすごく感動した」

「なるほど……」

「あ、ちなみに今の話は騎士団の中ではアステルとジュリアン、魔術師系の一部の騎士しか知らないから内緒にしてね」

「え!?」

　魔女や悪魔には愛属性という弱点があること。

　使い魔が告白などの言葉の契約に反応して暴れ出すこと。

　紋章魔術は言葉の契約を用いない愛属性の魔術であること。

　……たしかに全部重要な話なのに、他の騎士たちが話しているのを聞いたことがなかった。

「言葉にしなければ女の子と付き合ってもいいと勘違いする騎士がいそうだからさ。リナルドとかリナルドとかリナルドとか。どこまでがセーフか厳密には分からないのに」

「あ、あはは……」

「僕だってできればいろいろな条件下で使い魔の研究をしたいんだけど、凶暴化の条件を調べるために戦死者を出すわけにはいかないでしょ？　今のやり方が一番効率よく使い魔を狩れる。……僕も、研究なんかより仲間の命のほうが大切だからね」

想いのこもった温かい声。

しかし照れ臭くなったのか、ミューマさんはすぐに肩をすくめる。

「あの、どうして俺にこの話を……？」

ミューマさんは顔を上げて、俺の胸の辺りを指さした。

「出発前に僕が鑑定したそのお守り石。それに、ごくわずかながら愛属性の魔力が込められているから」

「……え？」

「目に見えず、生きた人間からしか検知できないはずの愛属性の魔力が無機物に宿ってるなんて、ものすごーく珍しい。僕も実物は初めて見たけど、間違いないよ。祖父は古い友人に似たような宝石を借りて研究したことがあると言ってたけど……ネロの姫君はそれをどこで手に入れたんだろうね」

「…………」

あれ？　メリィちゃん、ただのお守りだって言ってなかったっけ？

予期せぬ話の流れに気が遠くなってしまう。

「心配しないで。本当にごく微量だし、魔術の気配はない。身に着けても大丈夫……だと思うよ？」

「疑問形⁉」

「そこは姫君の愛を信じなよ」

たしかに、メリィちゃんが俺に危害を加えるとは思えない。

でも、貴重なものだと知っていて俺に渡したのだとしたら……冷や汗が止まらない。

「あ、あの。ちなみに、これってどれくらいの価値が……」

「普通の人間には無価値だろうね。でも、愛属性を研究する魔術師にとっては垂涎《すいぜん》の代物だ。正直値段なんてつけられないけど、もし研究のために譲ってくれるなら、僕ならこれくらい出すよ」

ミューマさんが指で金額を示した。

ゼロの数が凄まじい……！

急に首のあたりが重く感じ、服の上からぎゅっとお守り石を握り締めた。

俺はすがるようにミューマさんを見る。

研究に協力するのが国民としては正しいのだろうけど、メリィちゃんからの大切なプレゼントだ。

いくら積まれても、手放すわけにはいかない。

……というか、こんなにも貴重なものならメリィちゃんに相談して返却すべきではないだろうか。

「そんな……」

「ジュリアンに見せなくて良かったね。バレたら没収されていたかも」

「とりあえずお守り石のことは内緒にしておいてあげる」

「いいんですか？」

「その代わり、王都に帰ったらそれを贈ってくれたネロの姫君を紹介してくれない？　いろいろと話を聞きたいな」

メリィちゃんには申し訳ないけど、頷く以外の選択肢はなかった。

♡♡♡

ネロくんはどうしてあんなにかっこいいんでしょう。

一日の終わり、私はベッドの上で今日の握手会を振り返りながらため息を吐きました。

お会いするのは周年式典のライブで目が合った時以来です。

あの日以降、カフェで姿をお見掛けできなくて、今日は久しぶりにネロくんと言葉を交わせるとあってとても楽しみにしていました。

相変わらず彼の全てが尊かったです。

会うたびに愛が膨らんでいく自分が怖くなりました。

気持ちの昂りを我慢できず、ついに贈り物までしてしまいましたが、ネロくんの迷惑になっていないでしょうか。

「…………」

私は首から下げたネックレス――雫型の白い石を撫でて俯きました。

「ごめんなさい！」

枕に顔をめり込ませて全力で謝罪のポーズを取ります。

お渡ししたお守り石が私とお揃いだと言い出せませんでした！

勝手にこんなことをしてめちゃくちゃ気持ち悪いですよね⁉

黙っていればいいという問題ではありません。ネロくんへの裏切りです。

何より私自身が罪の重さに耐えられそうにないので、任務から戻られたら白状しましょう。

謝ればきっと許してくれるはず。

「うぅ……！」

ドン引きするネロくんの顔が脳裏をかすめて、悶絶しました。

優しいネロくんのことだからきっと苦笑して、その場は愚かな私を許しつつも、帰ってからそっとお守り石を自室の引き出しの奥にしまうに違いありません。

どうしてもっと考えてから行動しないのか。過去の私を殴りたいです。

私はベッドから降りて祭壇の前に跪きました。ネロくんの写真の前で早速謝罪の予行練習を行います。

「周年式典でのネロくんがかっこよすぎて、夜空のお星様みたいに存在が遠く感じたせいか、急に寂しくなってしまったんです。どうしても特別な繋がりがほしくて……出来心だったんです。猛省しております」

懺悔《ざんげ》が虚しく響きました。

「本当にごめんなさい！　ネロくんが大変な任務をしているのに……」

私はお守り石を握り締めて祈ります。

もし今もお守り石を身に着けてもらえているのなら、どうかネロくんを守ってください。

トップ騎士様が二人も出向くなんて、きっと使い魔討伐に次いで危険な任務に違いありません。

もう二度と身に着けてもらえないかもしれないので、せめて今回の任務ではご利益を発揮してほしいです。

罪は必ず償いますので、どうかネロくんが無事に帰ってきてくれますように！


その日の夜、私に不思議な夢を見ました。

『ずっと気になっていたんだけど、メリィちゃんは俺のどこが好きなの？』

内装が真っ白なカフェでネロくんと向かい合ってテーブルについていて、お互いにはにかみながらドリンクを飲んでいました。

謎のシチュエーションです。

ちなみに二人とも私服で、店員も他のお客さんもいません。

まるでデート！　思いっきりデート！

しかし夢の中の私はこの状況を疑問に思わず、向けられた質問の答えを一生懸命考えていました。

『そんなに悩むってことは、言いにくいこと？　その、見た目だけとか』

不安がるネロくんに、私は必死で弁明しました。

『違います！　ネロくんの好きなところなんて、それこそ星の数ほどあって悩んでしまって。もちろん容姿も大変好ましく思っていますけども』

『本当?』

『はい! そうですね、やっぱり優しくて純粋で頑張り屋さんなところでしょうか。本当に尊敬します』

ネロくんは照れたように微笑みました。

『そんなの俺も同じだよ。メリィちゃんの明るくて思いやりがあって感情豊かなところ、本気で憧れる』

『え!』

『あのね、メリィちゃん。俺は……』

ネロくんは一度目を伏せた後、覚悟を決めたように顔を上げ、それから——。

☆☆☆

翌朝。

夜番が終わって横になっても、あまり眠れなかった。

浅い眠りの中でメリィちゃんに会ったような気がするけど、どんな内容だったか覚えていない。

冷たい川の水で顔を洗って、眠気も迷いも吹き飛ばす。

メリィちゃんのお守り石のことは王都に帰ってからだ。

今日は変異種の魔物討伐に集中しよう。討伐に戦力として参加できなくても、森の中なら役に立てることがあるはずだ。

栄養たっぷりの携帯食料で朝食を済ませた後、探索の隊列決めとなった。

「先頭チームにネロを推薦します！」

勢いよくクヌートが手を挙げる。

「俺も賛成っす。ネロは騎士になる前は狩人で、森の歩き方を熟知しています。些細な変化も見逃さないでしょう」

ジェイ先輩も追随した。

「……こいつを？」

トーラさんの鋭い視線を俺はかろうじて逸らさず受け止められた。

期待されると責任から逃げたくなってしまうけれど、貴族出身の騎士が多いこのメンバーの中では、多分俺が一番森に慣れている。

故郷の森とは勝手が違うかもしれないから絶対に大丈夫とは言えないけど、俺もみんなの役に立ちたい。

「深い森なので、途中で方向感覚が狂うかもしれません。今日は曇り空ですし……。でも俺なら目撃情報があった場所まで迷わず案内できると思います」

「……分かった。こっちに来い」

「？　はい」

俺が歩み寄ると、トーラさんがいきなり腰の剣を抜いて振り下ろした。

「っ！」

俺は地面に転がるようにしてそれを避ける。

よく見ればトーラさんは剣を寸止めしていたが、本当に命の危機を感じた。

「ふん、これに反応できるならいいか。近接武器の経験は？　どれくらい戦える？」

「あっ、えっと……ナイフや鉈《なた》なら。父と一緒にイノシシや熊を狩ったことがあります」

「トーラって乱暴だよね。いきなりひどいよ」

「うるせぇな。予告したら不意打ちの意味ねぇだろ」

近くにいたミューマさんが手を貸してくれた。

起き上がった瞬間、トーラさんが懐から地図を取り出し、俺に投げ渡す。

「狩人のじいさんにいろいろ情報を書き込んでもらった。が、正直何が書いてあるか俺にはよく分からねぇ。お前は読めるか？」

「……はい。大体は」

「じゃあナビゲートを任せる。あとはミューマに面倒見てもらえ」

地図には変異種の魔物を目撃した位置だけではなく、森の危険な場所や動物の生息地、植生についても描き込まれていた。

文字の代わりに符号を使って示しているので、知識がないと分からないだろう。

狩人にとって森の情報は知的財産だ。

部外者にここまでの情報を開示してくれるのは、おじいさんが星灯騎士団《エストルス》を信頼しているからに他ならない。

「承知しました。お任せください」

上官への了解の意味を示す礼をして、俺は前のほうの隊列に加わる。

地図を見ていたら、気ままに森を歩いていた頃を思い出した。

「ネロ、少しは怒っていいと思うよ。きみの同期はぷんぷんしてる」

「え？」

振り返れば後方の列でクヌートが機嫌悪そうに顔をしかめていて、ジェイ先輩がそれを宥めていた。

トーラさんが俺を試すようなことをしたのが気に食わなかったらしい。

でも、弓しか使えない人間は守る側の負担になってしまうから、反応速度くらい知りたいと思うのは当然だ。

懐かしい森の香りを乗せた風を胸いっぱいに吸い込んで、まずは真っ直ぐ魔物の目撃地点を目指す。

「この先は踏むと危険なキノコが群生しているみたいなので迂回しましょう」

「その葉っぱ、肌が弱い人はかぶれます。念のため触らないでください」

「あ、コモモコマドリ。ちょうど親鳥が雛に歌い方を教えてますよ。この辺りは安全だと思っていいです」

俺はミューマさんや周囲の騎士に見かけた植物や動物について説明しつつ、方向を示した。

念のためコンパスも見ているけど、特定の草の葉の向きで大体の方角は分かる。


小一時間ほど進んだところで、俺は違和感を覚えた。

「すみません、止まってください。様子が変です」

急に生き物の気配が希薄になった。

鳥も虫もいない。

この先に何か危険なものがいる証拠だ。

「魔物が近いみたいだね。どうしようか？」

「……二手に分かれるか。七名で進んで、三名はここで待機させる」

「そうだね。いざという時の連絡係は必要かも。かなり森の奥に来ちゃったし」

トーラさんとミューマさんの相談はすぐに終わった。

「ジェイ、クヌート、ネロの三名はこの場で待機。討伐が完了したら青い魔術信号を打つから合流すること。異常事態が発生した時は赤い信号弾を打つ。その場合はただちに森から離脱し、騎士団本部へ連絡しろ」

「了解しました」

ジェイ先輩は即座に返答したけど、俺とクヌートは反応が遅れた。

特にクヌートは不満げだったが、渋々と了解の意を示す。

索敵班に選ばれなかったのはもちろん複雑だけど、異常事態が発生しても救援にすら行かせてもらえないのか。

「ジェイ。そいつらのこと、しっかり見張っておけよ」

「はは、心配しすぎですって。大人しく待ってられますよ。子どもじゃないんですから」

分かっている。

俺とクヌートはあまり戦力として見られていない新人で、ジェイ先輩はそのお守り役。

万が一にも全滅だけは避けなければならないのだ。

この人選は適切だし、命令も合理的だ。それでももやもやしてしまう。

索敵班が出発してから、つい俺は大きなため息を吐いてしまった。

「変異種の任務は難易度が高いからな。最初はこんなもんだ」

「しかし！　見学もさせていただけないのは不満です。自分の身くらい守れるし、私に任せていただければ絶対に成果を挙げてみせるのに」

素直に悔しさをにじませるクヌートに、ジェイ先輩は苦笑を返した。

「そのセリフ、聞き覚えがあるぜ。そう言って入団試験の時に突っ走って、怪我してなかったか？」

「うっ……。あ、あの時はまだ若かったので」

「半年ちょっとしか経ってねぇだろ。ま、成長を見せる機会はきっと来るから焦るなよ。リリンなんか同期の中で一人だけ留守番だから、すっげぇ拗《す》ねてたぞ」

いつもさっぱりしていて明るいけど、機嫌を損ねると大変なんだ。

意外と血の気が多くて、それこそ入団試験の時も初っ端からクヌートと喧嘩していた。

帰ったらリリンに声をかけよう。

「入団試験か。まだ一年も経ってないのに懐かしいな」

「実に過酷な試験だった。私は今でもたまに夢でうなされる」

「俺もだよ」

俺とクヌートとリリンの三人一組で山に分け入り、三日三晩魔物を狩る実技試験。何度も危ない目に遭った。

ちなみにジェイ先輩はこっそり後をつけて採点する試験管の一人だったらしい。

「試験の時から俺はお前たち三人の実力を買ってる。いつか揃ってトップ騎士になるんじゃないかって本気で期待してるんだ。だから今日の悔しさをバネに頑張れよ」

ジェイ先輩に励まされ、俺とクヌートは視線を合わせて頷き合う。王都に帰ったら、リリンも交えて三人で訓練しよう。

周囲を警戒しつつそんな話をしていると、何かが弾けるような音とともに木々の隙間から青い信号弾が打ち上がったのが見えた。

討伐完了の合図だ。

「良かった。無事に終わったんだ……」

「さっさと行くぞ！　せめて魔物のサンプル回収を手伝う！」

「待て待て。でかい図体で転ぶなよ」

張り切って駆け出すクヌートと、それを追いかけるジェイ先輩。俺も後に続いた。

近づくにつれて、背筋に悪寒が走る。この違和感はなんだろう。

「……？」

嗅いだことのない甘い香りが鼻をかすめた。

蜜を蓄えた花のような、熟れすぎた果実のような濃厚な香り。

変異種の魔物の残り香だろうか。それにしては強烈だ……。

嫌な予感がする。

次の瞬間、すぐ近くで赤色の閃光が弾けた。

「なっ⁉」

信号弾が放たれた地点にぽっかりと空いた巨大な地面のくぼみ。

その中心にそびえるのは茨を纏い、根を四方に伸ばした禍々《まがまが》しい灰色の樹だ。

くぼみのせいで高さが差し引かれて遠くからは見えなかったが、相当に大きい。

根が蛇のように蠢《とどろ》き、幹の洞の奥が赤く光った。

目がある。魔物だ。

「来るんじゃねぇ！　罠だ‼」

声の方向に目を向けるとトーラさんが根に絡めとられ、地面に伏していた。

他の騎士たちも同じような状態だが、もはや声を発する力もないのか、ぐったりしている。

ミューマさんに至っては魔術用の杖を握り締めた腕しか見えず、体は根に覆われていた。

どうして。青い信号弾は討伐完了の合図だったはずなのに。

強烈な甘い香りに眩暈がした。

「っ！」

気のせいではない。この香りは毒だ。

それに気づいた時には前にいるクヌートとジェイ先輩の体がふらついていた。

咄嗟に後ろから伸ばした腕を、クヌートが振り払って俺を突き飛ばす。

「貴様だけでも……！」

「クヌート！」

瞬く間に二人は蠢く茨と根に捕まり、他の騎士たちと同様にくぼみに引きずり込まれていった。

「なんだ、これ……魔力が吸われていく……っ」

その一言で察した。

この樹の魔物は騎士たちから魔力を吸引している。だからトーラさんやミューマさんでも苦戦しているんだ。

握手会に来てくれたみんなが心を込めて譲り渡してくれた魔力をよくも……。

俺は弓を強く握り締めた。

「ネロ！　お前は退避だ、本部に伝えろ……！」

「でも！」

「いいから……早く、ここから離れろ……っ」

ジェイ先輩の声がか細くなっていく。
ただちに森から離脱して、騎士団本部に報せを出す。それが今の俺がすべきこと。
でも応援が駆けつけるのに何時間かかる？
それは、ここにいる仲間を全員見捨てるということに他ならない。
みんなの魔力が尽きたら魔物に命を奪われる可能性が高い。
組織の人間としての正しさと、俺個人の思いがせめぎ合ったが、一瞬で答えが出た。
俺は、何もせずに仲間に背を向けることはできない！
甘い香りがさらに強くなり、脳が揺れ、吐き気がする。
俺は片膝をついて弓を構え、矢に魔力を込めて、樹の魔物の幹を狙い放った。
「馬鹿が！」
トーラさんの怒声が聞こえた。
命令違反は重々承知だ。
矢は真っ直ぐ魔物の目の部分を射抜いた。
魔力によって強化された一撃は、そのまま樹の幹に風穴を開ける……はずだった。
「なんで……!?」
矢は幹にのみ込まれ、魔物の目の傷もすぐに再生する。
……そうか、魔力だ。
この魔物は人間が本来持つ命属性の魔力を吸っている。

ただ魔力を込めただけの矢では傷つけられないのかもしれない。
試すべきは魔術による属性攻撃。弱点を突かなければこの魔物は倒せない。
最後の選択の時だった。
この場に留まり、あと一呼吸でもしたら足が動かなくなるだろう。
力を振り絞って逃げるか、それとも。

騎士になると決めた時からある程度の覚悟はしていた。母を悲しませることになるかもしれない、と。

母さん、ごめん。

「…………」

父さんも……ごめんなさい。

墓前で母を代わりに守ると約束したのに、果たせないかもしれない。
でもきっと、父がこの場にいても同じことをすると思う。
狩りの技術だけじゃなくて、父の勇敢さも受け継ぎたい。
俺は全員を救うため、最後の賭けに出た。
弓と矢筒を手放し、代わりに短剣を握ってくぼみの中に飛び込んだ。
宙にいる一瞬、脳裏にメリィちゃんのピカピカの笑顔がよぎる。
メリィちゃん、ごめん。本当にごめんね。
こんな馬鹿な俺だけど、どうか最後まで……嫌いにだけはならないでくれ！

「えっ」

心臓の辺りが急に光り、ほのかに熱くなった。

着地と同時に茨と根を切り裂く。

思っていたよりも体が重くない。頭痛が和らぎ、意識もはっきりとしてきた。呼吸をしてもそれは変わらない。

不思議だ。くぼみに入ったらすぐに魔物の茨と根に絡めとられると覚悟していたのに、俺に取りつこうとはしない。戸惑うように周囲を右往左往しているだけだ。

首から下げたメリィちゃんのお守り石が熱い。

胸を押さえたら本能的に理解した。

メリィちゃんの愛が、俺を守ってくれている。

「っ!」

感極まって泣き出しそうになるのを堪え、必死に手を動かす。

「ミューマさん!」

意外なほどすんなりと短剣が通り、絡みつく根から小柄な少年を引っ張り出す。

彼は意識を失っておらず、すぐに鋭い視線を魔物に向けた。

「無事ですか!?」

「うん。ありがと、ネロ」

短い言葉の後、すぐに詠唱に入った。

いや、これは多分、囚われている間ずっと詠唱していたに違いない。すでに重苦しいほど魔術の気配を感じる。

なんて獰猛《どうもう》な目つきだろう。

感情の起伏の少ない冷静な少年が、途方もない怒りを込めて魔術を発動しようとしている。

樹の魔物は強い危機を感じたのか、茨や枝を束にして一斉に伸ばしてくる。

「うざったいんだよ、ザコが」

ミューマさんが杖を一振りすると、風の魔術が向かってくる魔物の攻撃を木っ端みじんに引き裂いた。

ミューマさんの右手の紋章が冴え冴えと輝く。

「仲間を傷つける奴は……ぶっ殺してやる」

全身の血が凍りつくような冷たい声だった。

いや、凍りついたのは魔物のほうだ。

バリバリと凄まじい音を立てて、茨も幹も根も一気に凍結した。

広範囲の魔術攻撃。

氷結攻撃は水の複合魔術でとんでもなく高度だと聞いたことがある。

まさに、見る者全ての臓腑さえも凍えさせる一撃。

ミューマさんの銀髪や白い肌も薄っすらと霜を纏っていて、この世のものとは思えない冷たく神秘的な美しさを携えている。

最後にミューマさんがごみを振り払うような緩慢な動作で風の魔術を放つと、樹の魔物は粉々に砕け散った。

妖しい香りも霧散し、完全に魔物の気配が消える。

美しく残酷な世界を前に誰も言葉を発せない中、ミューマさんの体が傾く。

俺は咄嗟に受け止めた。

これは多分、急激に魔力を消費した反動だ。彼の右手の紋章も光を失っている。

「大丈夫ですか⁉」

「…………うん」

眠たそうながらもはっきりとした返事があって、俺はほっと息を吐いた。

「っ！」

その一瞬の気の緩みを狙われた。

「ぼうっとすんな！」

至近距離で剣戟《けんげき》の音が響く。

トーラさんが俺とミューマさんを庇うようにして剣を構えていた。

視線の先には黒い影——否、黒衣を纏った眼鏡の男がだらりと立っていた。

「せっかく育てた魔物をよくも……。この失態、美しい少年の首でも持ち帰らなければ、我が君の機嫌を損ねてしまう。そこをどけ、ニンゲン……」

ぼそぼそと呟かれた言葉にぞっとした。

細い手足に、異様に長く伸びた金属のような光沢の爪。白と黒が混じる異様な髪色。顔色は悪く、目の下のクマが真っ黒で瞳に生気を感じなかった。

人間の姿をしているのにとても同じ生き物だと思えない。

「お前、悪魔か」

「ご名答……。ああ、お前の首でもいいな。黒髪が美しく、血によく映える……」

トーラさんは舌打ちをすると同時に地面を蹴った。

双剣と爪が激しく交錯し、音が遅れて聞こえてくるほどのスピードで戦いが展開される。

動体視力に自信のある俺でも、かろうじて追えるレベルだ。

「悪魔……？」

「ちょうど昨夜話した奴だね。魔女の契約者——現世では魔女の擁する最強の使い魔。奴が出てきたってことは……」

ミューマさんは体を起こそうとして失敗し、地面に転がった。

助けようとした俺の手を見ずに言う。

「僕のことはいい。ネロはまだ動けるし、魔力も残ってるね？　トーラの援護を」

「えっ」

「みんなまともに動けない。トーラでも分が悪い」

見渡せば他の騎士たちは満身創痍の状態だった。

戦うどころか、這うようにしてトーラさんの戦いの邪魔をしないように移動するのが精一杯みたいだ。

姫君から譲渡された魔力量が並外れて多いからまだ動けているだけで、多分トーラさんは万全の状態からは程遠い。

「ネロ！　受け取れ！」

クヌートが俺に向かって弓と矢筒を投げた。

遅れて魔物に囚われたにもかかわらず彼もまた顔色が悪く、立ち上がるのがやっとのようだ。

受け取った弓の弦は緩んでいないし、矢も無事だ。

俺はまだ戦える。

しかし下手に矢を射れば、トーラさんの戦いのリズムを崩してしまうだろう。

もしも背に当ててしまったら……。

「自信を持って。大丈夫」

「ミューマさん……でも」

「トーラは、自分が死ぬのが嫌でネロを遠ざけてたんじゃないよ。味方に攻撃を当ててしまった射手がどれだけ傷つくか知ってるから……。トーラは戦死した射手と仲が良かったんだ。また同じことを繰り返したくないと思ってる。だからネロのことを前線にいらないって言ったんだよ」

俺は小さく息を呑む。

誤射から始まった一連の出来事で、唯一の死者は射手だ。

トーラさんは自分が傷つくことよりも、同じ射手である俺が同じように戦い、失敗し、焦って死ぬことを厭《いと》っていたのか。
「僕は、トーラにも死んでほしくない。お願い、助けて」
ミューマさんの懇願に対し、気づけば強く頷きを返していた。
彼をジェイ先輩に預け、弓を握り締めてくぼみから駆け上がる。
そうか。使い魔戦で戦死した射手は、トーラさんにとって大切な友人だったのか。
誤射からアステル団長を守って、しかし友人を使い魔から守ることはできなかった。
トーラさんの心中を想い、言葉にできない悔しさを覚えた。
俺のことも、守るつもりだったんだ。
守ることがトーラさんの騎士道。
だから誰よりも強くあろうとし続けている。
茂みに飛び込んでから気配を消して移動し、ほとんど片手だけで素早く木に登る。
木の上からは、トーラさんと悪魔が激しく打ち合っているのがよく見えた。
その人間離れした動きに、誰もが武器を構えたまま手出しできないでいる。
一部の騎士はこの場を離れて本部に連絡へ行ったようだ。
ミューマさんも先輩たちに守られている。
矢を番えて、深呼吸を一つ。
この場にいる全員、俺がここから狙っていることを知らない。
逸《はや》る心臓を落ち着かせ、矢に魔力を込めながら機を待った。

今はまだ早い。

殺気を出すな。

よく観察しろ。

動きの先を読め。

牽制の矢を射ることはできない。

失敗の許されない一発勝負だ。

「やはり魔力を吸い取る手段は有効だな。忌々しい騎士を、ついにこの手で仕留めることができる……」

「クソが！」

悪魔の強烈な一撃でトーラさんの体勢が崩れる。

とどめを刺さんと嬉々として爪を振るう悪魔に対し、俺は凪いだ心で弓を引いた。

鋭く、素早く、ただ真っ直ぐ無心で。

会心の弦の音が響く。

隠れて獲物を狙う狩人の一矢。

正々堂々とは程遠いし騎士らしいとは口が裂けても言えないけど、これが俺の戦い方だ。

「ぐあっ！」

矢はトーラさんの肩の上を通り、悪魔の胸をぐさりと貫いた。

悪魔の動きを止める効果はあった。しかし絶命には至らない。

わずかに心臓からずれていたのか、そもそも悪魔には心臓が急所という概念がないのかもしれない。

よろめきながら悪魔の顔がこちらを向く。俺は反射的に木から飛び降りた。

直後、俺のいた枝が闇の渦に飲み込まれた。

悪魔が額に青筋を立ててこちらを睨んだが、青い粒子を纏った二対の剣がそれを阻む。

「はっ、散々脅したのによく際どいところを狙えたもんだ！」

トーラさんは剣を避けられた瞬間、悪魔に対して蹴りを入れた。

間合いができて、俺をちらりと見るその顔には好戦的な笑みが浮かんでいる。

「いかにも自信なさそうにしやがって。そんな奴に背中を預ける気にはなれなかったが……いいぜ、遠慮なく射れ！」

その瞬間、トーラさんの動きが変わる。

悪魔を翻弄するように手数を増やし、変則的な足運びに緩急をつけていく。

……俺の度胸を試している。

俺は次の矢を番え、二人の動きを追って移動。

ちらちらと悪魔がこちらを見るが、トーラさんのおかげで魔術攻撃をする余裕がないようだ。

「！」

ここだ、というタイミングでトーラさんが一歩身を引く。

その瞬間を狙って俺が放った矢が、今度は悪魔の首を貫いた。

「ネロ！　てめぇ、実はクッソ生意気だろ！」

そうなのかな？　そうなのかもしれない。

期待通りの働きができたのか、トーラさんは見たことないくらい嬉しそうだった。

一方、悪魔は殺意をみなぎらせて俺たちを睨む。

まだ死なない。

やはり根本的に人間とは体の造りが違うようだ。

それでもダメージはあったみたいで、血で溺れたような声をこぼした。

「ニンゲン風情が……。ああ、忌々しい、腹立たしい。だが、まぁいい……成果はあった……」

「逃がすか！」

急に冷静になった悪魔に対し、トーラさんが追撃を仕掛ける。

しかし悪魔の逃げ足のほうが早くて狡猾《こうかつ》だった。

貫かれた矢を首から抜いた瞬間、傷口から血の棘が出現する。

トーラさんの二対の剣がそれに阻まれている間に、悪魔は霞のように消えた。

瞬間転移はとても高度な魔術だ。それを詠唱もなしにやってのけるなんて、やっぱり人間ではないらしい。

力尽きたのかトーラさんはがくりと地面に膝をつく。

「トーラさん！　しっかりしてください！」

「うるせぇ……」

急ぎ王都に帰還し、慌ただしく診察や報告会が行われた。

その過程で俺も索敵班に何が起こったのか詳しく話を聞くことができた。

ミューマさんたち索敵班は変異種の樹の魔物を発見後、すぐに討伐して青い信号を打ち上げたらしい。

しかしそれは枝分かれしたダミーの魔物に過ぎず、本体は地中に隠れていた。

討伐後、ほんのわずか気が緩んだ瞬間に地面が突然崩れ、体の自由を奪う毒が拡散。現れた魔物の本体に絡め取られ、騎士たちはたちまち魔力を吸い上げられてしまったという。

特に、咄嗟に赤い信号弾を打ち上げたミューマさんが集中攻撃を受けたとのことだ。

植物型の変異種の魔物に段階的に人間を陥れるような知能はなく、全てはあの眼鏡の悪魔が仕組んだ罠だった可能性が高い。

数十年ぶりに王国内で悪魔の存在が確認されたことで、騎士団本部、さらには王国上層部が慌ただしく動き出した。

アステル団長が喉から手が出るほど欲していた魔女への手がかり。

歴史が大きく動き出す気配を察知し、俺も身が引き締まる思いがした。

とはいえ、新人騎士の俺にできることは少ない。

「……さすがに疲れた」

報告と検査などを終え、騎士団の宿舎に戻った頃には日付が変わっていた。

魔力を吸い取られなかった俺だけは帰ることを許されたけど、クヌートやジェイ先輩たちは念のため入院するそうだ。

明日になったらリリンと一緒にお見舞いに行こう。

トーラさんとミューマさんにいたっては、聴取の途中で意識を失ってしまったらしい。

変異種の魔物と悪魔との連戦は心身ともにかなりきつかった。

俺ももう限界だ。

ベッドに倒れ込んだ瞬間、泥のように眠りについた。


その日、俺は不思議な夢を見た。

真っ白な空間でメリィちゃんと向かい合って座っている。

お互いに照れているせいか何も話せず、ふわふわした空気が流れた。

気まずさはなくて、ただただ幸せな時間。

メリィちゃんの笑顔を見ているだけで心が温かくなって泣きたくなる。

命懸けの戦いですり減ったものが癒やされ、満ち足りた気分になった。

『ネロくんは……私のことをどう思っていますか?』

沈黙を破り、メリィちゃんが恥ずかしそうにそう尋ねてきた。

俺は何も答えられず、黙り込んでしまった。

口にしてはいけない。
夢の中でも律儀に騎士団の規則を守る自分がおかしかった。
メリィちゃんをどう思っているか？
答えはとっくに出ている。
ずっと俺のことを一番好きでいてもらいたいし、もっと好きになってほしい。
もうごまかしきれないな。
恋愛禁止の騎士を続ける限り、この感情は育てちゃいけない。
それなのに、いつの間にか見て見ぬ振りができないくらい膨れ上がっていたみたいだ。

俺は、メリィちゃんのことが大好きだ。

メリィノートおまけ

ネロ・スピリオ

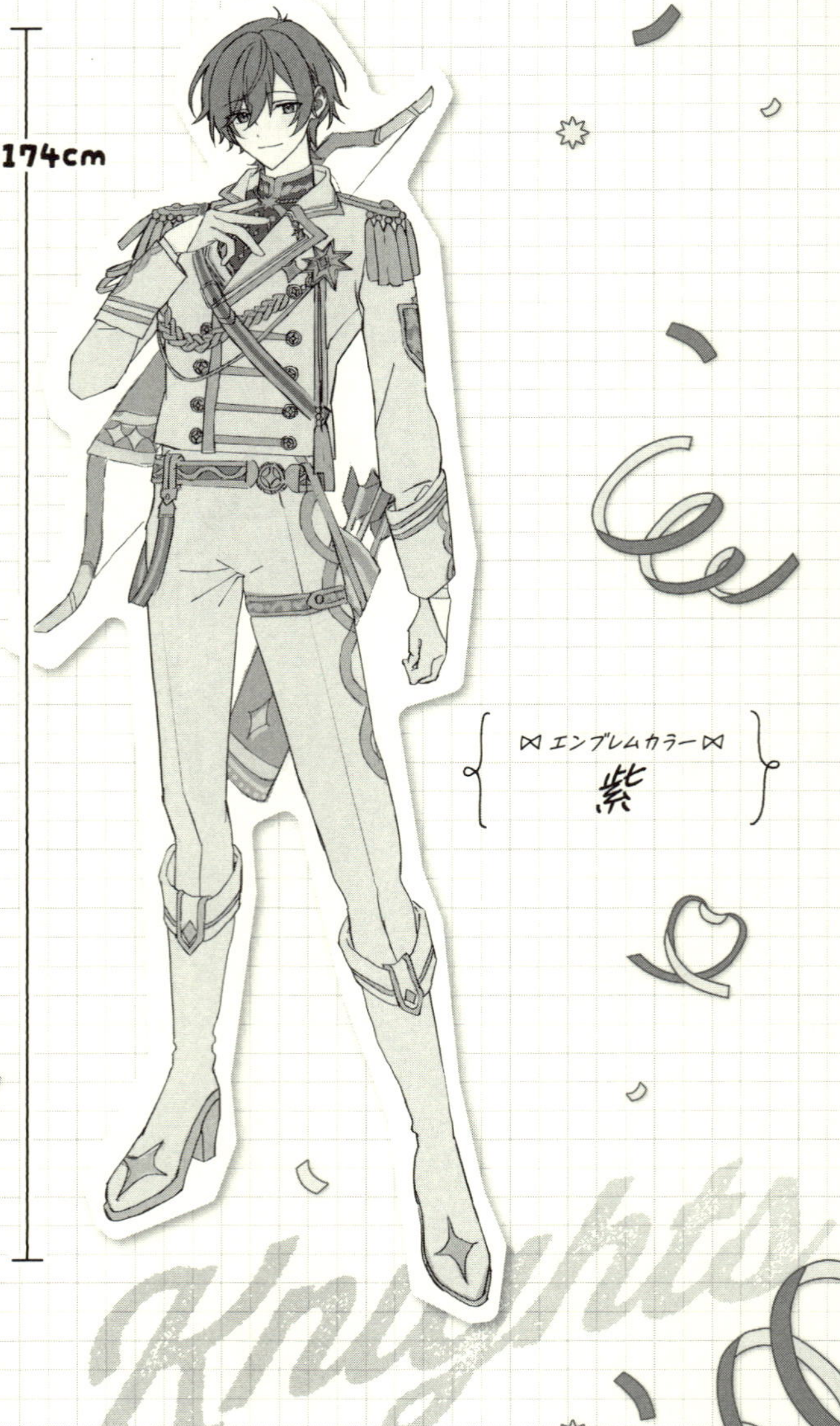

⋈ エンブレムカラー ⋈
紫

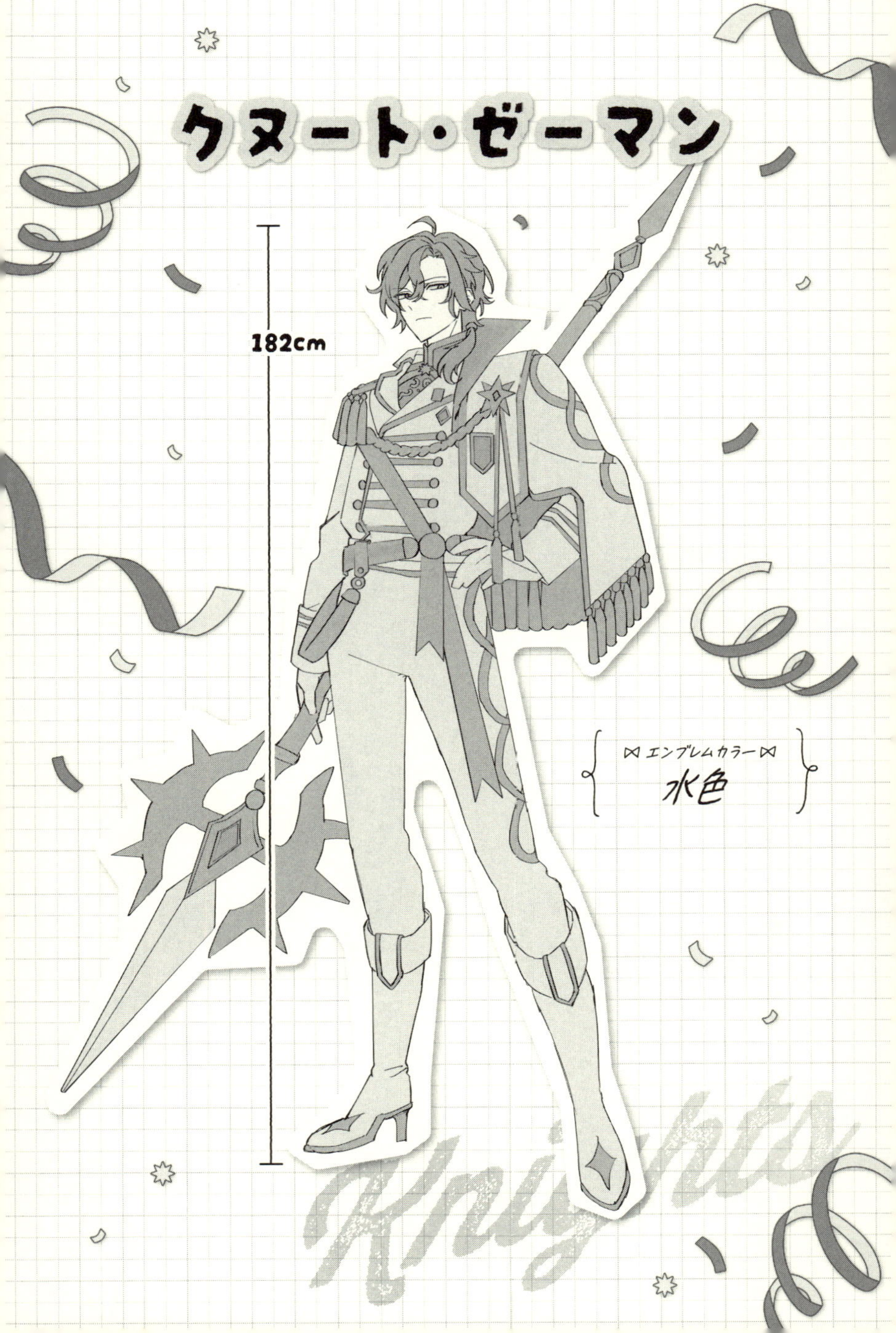
クヌート・ゼーマン
182cm
エンブレムカラー
水色
Knights

リリン・セロニカ

エンブレムカラー
ピンク

Knights

ジェイ・リッツ

エンブレムカラー

黄緑

この本を読んでのご意見・ご感想・ファンレターをお待ちしております。
＜宛先＞〒 104-8357　東京都中央区京橋 3-5-7
（株）主婦と生活社　PASH! ブックス編集部
「緑名紺先生」係
※本書は「小説家になろう」（https://syosetu.com）に掲載されていたものを、改稿のうえ書籍化したものです。
※この作品はフィクションであり、実在の人物・団体・法律・事件などとは一切関係ありません。

PB
PASH! ブックス

推し騎士に握手会で魔力とハートを捧げるセカイ 1

2024年11月11日　1刷発行

著　者　緑名紺
イラスト　ナナテトラ
編集人　山口純平
発行人　殿塚郁夫
発行所　株式会社主婦と生活社
〒 104-8357　東京都中央区京橋 3-5-7
03-3563-5315（編集）
03-3563-5121（販売）
03-3563-5125（生産）
ホームページ　https://www.shufu.co.jp

製版所　株式会社明昌堂
印刷所　大日本印刷株式会社
製本所　小泉製本株式会社
デザイン　フクシマナオ（ムシカゴグラフィクス）
編集　上元いづみ

©Midorinakon　Printed in JAPAN　ISBN978-4-391-16325-4

製本にはじゅうぶん配慮しておりますが、落丁・乱丁がありましたら小社生産部にお送りください。送料小社負担にてお取り替えいたします。

Ⓡ 本書の全部または一部を複写複製（電子化を含む）することは、著作権法上の例外を除き、禁じられています。本書をコピーされる場合は、事前に日本複製権センター（JRRC）の許諾を受けてください。また、本書を代行業等の第三者に依頼してスキャンやデジタル化することは、たとえ個人や家庭内の利用であっても一切認められておりません。
※ JRRC［https://jrrc.or.jp/　E メール　jrrc_info@jrrc.or.jp　電話　03-6809-1281］